远古履痕

青岛市文学艺术界联合会 编
名誉主编 耿林莽 主编 王泽群
副主编 韩嘉川 栾承舟
本册主编 栾承舟

青岛出版社
QINGDAO PUBLISHING HOUSE

本书编委会

主　　任　孟鸣飞　魏胜吉

委　　员　耿林莽　王泽群　韩嘉川

栾承舟　栾纪曾　王亚平

何敬君　高　伟　霜扣儿

雨倾城　迟智勇

名誉主编　耿林莽

主　　编　王泽群

副 主 编　韩嘉川　栾承舟

本册主编　栾承舟

编辑后援　青岛荣德文化发展集团

总 序

回望百年 美不胜收

耿林莽

第一位将域外散文诗译介到中国来的作家，是刘半农。早在1915年，他便在《中华小说界》第2卷第7号上发表了以《杜谨纳夫之名著》为题的四篇散文诗，“杜谨纳夫”即屠格涅夫。中国第一位创作散文诗的，也是刘半农。他的第一篇散文诗《晓》，发表在1918年《新青年》杂志第5卷第2期上。当时，他也许不是有意写的，但这个《晓》对于黎明初降时的诗意描绘，却恰恰成为中国散文诗诞生的一个极具蓬勃生命力的美好象征。虽属巧合，但也算是百年散文诗史上的一段佳话。

这篇《晓》仿佛是一声雄鸡的报晓，迅即唤起文学界散文诗创作的热潮。“五四”时期，文学界先锋人物对新生事物是很敏感的，当时几乎所有一流作家都投入到这一新兴文体的创作，鲁迅、郭沫若、茅盾、巴金、冰心、朱自清、沈尹默、郑振铎、周作人、王统照、徐志摩、许地山、焦菊隐、徐玉诺，等等，皆有散文诗佳作，真的是热闹非常。可以说，中国散文诗这一新文体，拥有一个极富尊严、充满朝气的草创期。当然由于作家们初涉这种文体，对其了解难免粗浅，有些作品质量不高，也是正常现象。直到鲁迅的《野草》问世，局面才有所改观。

早在1919年，鲁迅就以神飞为笔名，在《国民公报》副刊《新文艺》上发表了一组散文诗《自言自语》，形式上与流行散文诗相近。由此可见，他也是中国最早投入到散文诗创作的作家之一，对这一新兴文体，早已心怀敬意充满热情。《野草》的问世则是其散文诗形成自身独特风格，和中国散文诗由幼稚走向成熟的一个标志。它不仅是中国散文诗的一座高峰，在世界散文诗史上，也是一座丰碑。说它是高峰，是丰碑，除其展现了作者深厚的文学素养与不同凡响的语言造诣等艺术上的因素外，更重要的是它展示了散文诗这一文体的美学特质，扭转了人们对它的误解。误解包含：认为它不过是一些华丽词语的堆砌，小资情调的抒发，个人心境与身边琐事的笔现。其实并非如此，孙玉石先生在他的《〈野草〉与中国现代散文诗》一文中告诉我们：《野草》启示人们要把人的诗情与时代的斗争紧密联系起来；内心矛盾的严峻解剖和象征方法的完美运用，形成了《野草》这部散文诗集充满诗意而又富于哲理，幽远奇峻而又凝练深警的抒情色彩。譬如，在《过客》这篇寓言式的以戏剧形式展开的诗境中，渗透了生命意识无比辉煌的力量，和一种崇高悲剧美的苍凉与悲壮。无论前面是野地，是坟，是黄昏，是黑夜，“我只得走，我还是走好吧……”他“即刻昂起了头，愤然向死走去”，这便是“过客”的形象，鲁迅为我们塑造了一个不朽的“知其不可为而为之”的战士和诗人的典型形象。

《野草》发表之后的20世纪30年代，有学者认为散文诗创作进入了低谷,我觉得并非如此,相反,与草创期相比,她呈现出渐趋成熟的态势。草创期虽然大家云集,气氛热烈,不少人不过是偶尔为之,浅尝辄止,对散文诗文体的认识也不够深刻,这是很自然的现象。30 年代出现了专业性散文诗作家,如何其芳、丽尼、陆蠡、马国亮等,他们的作品已经相当成熟地显示了散文诗的美学优势,特别是何其芳的《画梦录》。这部作品原本是以散文集名义出版,且获得《大公报》文学奖的殊荣,然而人们因其浓郁的抒情性魅力和突出的诗美意境,普遍地将其视为优秀的散文诗样本,它在当时产生了很大影响。

20 世纪 30 年代末期到 40 年代,抗日战争和解放战争期间,文艺作品服务于斗争需要成为必然。作为散文诗自身的文体发展,基本上稳定地延续了前期风格,没有出现太大变化。郭风和刘北汜编选的一套《曙前散文诗丛书》,收入田一文、莫洛、羊翚、彭燕郊、刘北汜、叶金、陈敬容等人的作品,大体可以呈现这一时期散文诗的面貌。新中国成立以后,形势大变,散文诗以郭风的《叶笛》和柯蓝的《早霞短笛》为代表,吹响了时代的最强音。笛声中洋溢着明朗、欢快和昂扬的朝气,体现了当时人们的喜悦与乐观情绪。不过,1957 年流沙河因《草木篇》,徐成淼因《劝告》而遭受的打击和苦难,却也在散文诗史上留下了一抹记忆的暗影。再以后便是“文革”横扫一切的风暴,散文诗沦入长达十多年的“空白期”。其间,许多人因散文诗而惨遭批判和迫害,即使柯蓝的《早霞短笛》那样洋溢着歌颂与赞美的作品,也未能逃脱姚文元棍棒的打击。

苍天有眼,否极泰来。改革开放以后,散文诗迅即复苏,随后便是空前的繁荣。在 20 世纪 80 年代文学进入复苏的大背景下,柯蓝、郭风等人为散文诗四处奔走游说，推动了散文诗的振兴，这固然是重要的因素，但更关键的是整个文化环境趋向宽松。经过30多年的蓬勃发展，中国散文诗已经进入了成熟和丰收的繁荣期。一大批老中青散文诗作家不断涌现，优秀作品层出不穷，美不胜收，以及发表阵地不断扩大，诗集、选集、年选、丛书大量出版，理论研讨、评奖活动十分活跃，如此等等，真的是史无前例。种种情况，难以赘述，读者从这部《中国散文诗一百年大系》中，自会有直接的感受。

且让我们来一睹这部《中国散文诗一百年大系》的风采。

王泽群是一位散文诗作家，虽然他并非以散文诗为创作主项，但对散文诗事业却十分热心。为了纪念中国散文诗的百年诞辰，他倡议、策划、组织了《中国散文诗一百年大系》这部大型丛书的出版，邀请了韩嘉川、何敬君、栾承舟、栾纪曾、王亚平、雨倾城、高伟和霜扣儿八位诗人参与编选，第一本拟选入百年中有代表性的经典作品，这是一个规模宏大的工程。策划中决定的丛书任务，一是为百年散文诗的经历提供一份可资参考的作品史料；二是为读者推荐百年来的优秀散文诗作品。后者应是主要目标，因为绝大多数读者的兴趣，毕竟是在优秀散文诗的阅读欣赏方面。

悠悠百年，作品浩繁，大海捞针，百里挑一，编选工作的难度可想而知。早期作品的挑选难度在于资料匮乏，即作品少；当代作品的挑选难度在于作品多。面对这一实际情况，在选入作品的分量上，自然是今多昔少，这其实亦属必然。后来者居上，散文诗百年的发展，质量的逐步提升是必然的趋势，选入的当代优秀作品，包括一些年轻作家的作品，其美学高度已远超前人，这一点读者从大系中将会获得印证。

面对百年，尤其是当代散文诗，编选过程中的体验与思考颇多。择其要者，略述一二，向读者做一汇报。

1. 散文诗的文体属性问题，在国外，是很明确的。散文诗的开创者之一波德莱尔在谈及《巴黎的忧郁》时说："总之，这还是《恶之花》，但更自由、细腻、辛辣。"《恶之花》是诗集，那么《巴黎的忧郁》也是诗，是明确无误的了。国外的许多诗人，都把散文诗与分行诗一齐收入诗集出版，也是一个明证。但是在中国，多年流行的一种观点则是，散文诗是诗与散文的杂交品种，或边缘文体，也就是说，散文诗既可以是诗，也可以是散文，或诗或文，亦诗亦文。这就在很长时期中，对作者和读者造成了属性模糊不清的印象，许多人将短小的抒情散文误认成散文诗，导致一些散文诗严重散文化的倾向，对散文诗的发展十分不利。当代散文诗的后期，散文诗本质是诗的观念才得以确定。散文诗是自由诗的发展，为了强化诗的表现力，引入复杂情节而将散文的因素融入其中；散文是以"移民"的身份被吸入并加以改造而为其服务的。我提出"化散文"而不是"散文化"的观念，得到人们的共识。现在，散文诗已被公认为是归属于大诗歌谱系，与自由诗、古体诗并立的三大诗体之一。中国作协鲁迅文学奖的诗歌项目，也是这样安排的，这说明散文诗的文体归属问题，终于尘埃落定了。这是当代散文诗顺利发展的一个重要因素。大系编选过程中，也是按此认识处理的。

2. 对于散文诗的产生，人们多从其艺术形式上考虑，很少关注到它的时代背景，其实这一点至关重要。《巴黎的忧郁》是在资本主义发达社会，商品化对人性扭曲与异化的背景下产生的，五十篇作品几乎全是“他者”忧郁的陈述，而非作者个人的哀愁或闲愁，更不是供人赏玩的“小摆设”之类。揭示疮疤，治疗疼痛，拯救灵魂，呼唤人性，这才是散文诗这一文体在内容上的本质属性。散文诗传入中国后，却一度出现了大量内容空虚，专门抒发个人情感的小资情调，甚至是无病呻吟的作品。矫揉造作，扭捏作态的不良诗风随之流行，这极大地损害了散文诗的声誉，引起一些人对这一文体的冷漠和非议。鲁迅的《野草》之所以可贵，正在于他以其关注时代、关注现实，以及凝重而深厚的社会内容，还散文诗应有的本质属性。经过多年努力，当代散文诗的主流走向，已逐渐归于正常。对于这一问题，我曾提出过“要沉甸甸，不要轻飘飘”的主张，是有针对性的，现在看来，或亦有其片面性。“沉甸甸”固然需要，“轻飘飘的”，即那些清浅之作，也自有其审美价值。对于这个问题，谢冕的《散文诗说》中有段话说得很好。他说：“这是青春的文体，优美、轻盈、灵动、隽永，还有始终如一的高雅，以及始终拒绝粗鄙化的坚守。从主要的表现形态来说，散文诗似一幅幅水墨山水画，淡淡的、浅浅的，如山间的云霞。”在这个问题上，时刻都不要忘记多样化的要求，大系的编选中，处理是恰当的。

3. 人们为什么爱读散文诗？是为了满足审美的需求。有人说“散文诗是美的尤物”，美文性是它的一大优势。因此，我们将美视为散文诗的依归。选编过程中，以美的追求为首要目标。较难处理的是美与意义的关系问题，在“文以载道”的观念深入人心的中国，人们对文学作品的教育意义，即思想性十分重视，散文诗亦然。在创作过程中，如果从意义出发，即所谓“主题先行”，容易使作品形成说教；如果以形象阐释思想，会削弱诗美吸引力。

要正确解决这个问题,还需从认识上入手。什么是美?美是真善美的统一,意义、思想不应该是对美的强加,而是其内在生命不可分割的组成部分。也就是说,美隐含着意义,严格地讲,没有意义的美是不存在的。我们常讲的“德智体美”,美本身便是一“育”。散文诗正是通过美的形体,给予读者以优美情操、健康思想和精神文化修养上潜移默化的影响而实现其“教育意义”的。理直气壮地将审美作为散文诗价值的核心来处理,是大系编选过程中所遵循的一条原则。

愿《中国散文诗一百年大系》搭起的这座桥梁,能帮助您抵达中国百年散文诗的彼岸,获得一次审美的满足。

序

文化遗产与现代沉思方式

章闻哲(特邀)

《远古履痕》,顾名思义,即诗人对我们古老的文化、文明和古迹的访问、抒情和记录;同时,它也包含了那些已经远去的诗人们留下的精神遗产。无疑,访问和记录的形式可以是多种多样的,从本卷作品主旨来看,正是文化遗产本身通过其在心灵上留下的痕迹来展示它对人类之无穷启发,从而揭示了它们对人类自身之深远意义。——这也是散文诗文体自身对于文化和文明的意义:在传统的表述方式已经耗尽了外部世界固有的意义之后,散文诗试图以一种从前未予强调和重视的"内部物语"重新阐释世界,并因此打开了一个世界背后的世界。

可以说,对于文化遗产而言,越是古老的遗产,越是在各个时代之间呈现出它自身被诠释的差异性轨迹——在这个角度上,最新的诠释显然是属于散文诗的——也即是说,如果你在小说、散文等文体中见到了某种新的表达,那么,它必然是属于散文诗的表达方式,如果相反,它就还在一种传统的文化表述中。这在

《远古履痕》中将体现为：诗人对人类遗产的观感不再仅仅是景观式的，也不再仅仅是继承式的，而更多地进入到哲学的反思层面，在当下精神与历史遗留的文化和景观之间的碰撞中折射出一种量化的时代心灵印象，它在重新诠释人类历史的方式中诠释着我们这个时代。

我们这个时代究竟怎样呢？《远古履痕》将给予我们这样的印象：我们不再是悼古伤今的一群，面对古迹、遗址，我们更多地把自身的精神、灵魂嵌入其中，成为它们的重塑者，对象不再是纯粹的客体，主客之间不再有明晰的界线，我们是心灵更自由的一群，超越了物象的束缚，更自如地在时空中遨游——这种状态犹如刘虔在《心之韵：陈白沙故园》中所引白沙心学"……万化我出，宇宙在我"。某种意义上，散文诗人正是此一心学的实践者，侧重"我心"之翔舞与解放甚于伤情、悲情的抒发。这从根本上说明我们这个时代之开放的属性——唯有实践世界之开放，才有精神之超越，形而下的智性显现，与神性的自我复归。如果有人说明代心学在某种程度上让一种更自由的文体——小说，得以诞生，我们认为那是有一定道理的，因为：小说从本质上来看正是一种"我说"，是"我"对世界的陈述，因此它为"我"提供了一个更广阔的无拘束的空间。但在君主专制制度下，"我"无疑还受到诸多限制，甚至更多地让位于外部世界——这在一定程度上也形成了小说的传统。一旦解除了这种限制，在整个时代中便赫然地映射出"我"之主权——在《远古履痕》中，关于"我"的主权话语更多地揭示出两种迥然不同的文化立场，在"我"与历史面对面的谈话中，一面是文明古迹数千年不变的姿态，一面是"我"所统领的精神国度强制性地介入风景，诠释古迹——充分的自我发现与自我张扬重新诠释着人与自然和历史的关系。于是,一方面,自然和名胜古迹作为亘古的现象,在精神的乌托邦改造中忽然有了新的历史故事;另一方面,在现代精神的强烈观照中凸显的草根精英、草根英雄式的情结甚至女权意识得以集体释放。尽管这种自我的"王者意绪"相对来说要更深潜于修辞背后,表面上看,那里仅仅是一种旅行语言和风景语言的现代裂变,但真正构成诗意的是"我"的到来,"我"的动态构成了风景内涵之历史性的转变。

显然,个体的主体性张扬仅仅是我们这个时代——也是散文诗书写本身突出的一个方面,而《远古履痕》这一主题编撰区别于散文诗文体整体上对于时代的诠释特征乃在于:历史遗产对作家和诗人的启悟已然在文本中构成观照时代的第一材料,阅读这种材料将具有理论和审美意义上的双重收获——它既是便捷地了解时代观点的"民主会址",又是现代智性美学重构精神与物质世界意义的建言——如果说它将带来进一步的启示,那么这也是本卷散文诗作为社会和自然之遗产的集体冥想和沉思本身之最终目的。

目　录

徐志摩

徐志摩(1897—1931),浙江海宁人。主要作品有诗集《志摩的诗》《翡冷翠的一夜》,散文集《落叶》《自剖》《巴黎的鳞爪》等。

常州天宁寺闻礼忏声

有如在火一般可爱的阳光里,偃卧在长梗的,杂乱的丛草里,听初夏第一声的鹧鸪,从天边直响入云中,从云中又回响到天边;

有如在月夜的沙漠里,月光温柔的手指,轻轻地抚摩着一颗颗热伤了的砂砾,在鹅绒般软滑的热带的空气里,听一个骆驼的铃声,轻灵的,轻灵的,在远处响着,近了,近了,又远了……

有如在一个荒凉的山谷里,大胆的黄昏里,独自照临着阳光死去了的宇宙,野草与野树默默地祈祷着,听一个瞎子,手扶着一个幼童,当的一响算命锣,在这黑沉沉的世界里回响着;

有如在大海里的一块礁石上,浪涛像猛虎般地狂扑着,天空紧紧地绷着黑云的厚幕,听大海向那威赫着的风暴,低声地,柔声地,忏悔他一切的罪恶;

有如在喜马拉雅山的顶巅,听天外的风,追赶着天外的云的急步声,在无数雪亮的山壑间回响着;

有如在生命的舞台的幕背,听空虚的笑声,失望与痛苦的呼吁声，残杀与淫暴的狂欢声，厌世与自杀的高歌声，在生命的舞台上合奏着；

我听着了天宁寺的礼忏声！

这是哪里来的神明？人间再没有这样的境界！

这鼓一声，钟一声，磬一声，木鱼一声，佛号一声……乐音在大殿里，迂缓地，漫长地回荡着，无数冲突的波流谐和了，无数相反的色彩净化了，无数现世的高低消灭了……

这一声佛号，一声钟，一声鼓，一声木鱼，一声磬，谐音磅礴在宇宙间——解开一小颗时间的埃尘，收束了无量数世纪的因果；

这是哪里来的大和谐——星海里的光彩，大千世界的音籁，真生命的洪流：止息了一切的动，一切的扰攘；

在天地的尽头，在金漆的殿椽间，在佛像的眉宇间，在我的衣袖里，在耳鬓边，在感官里，在心灵里，在梦里……

在梦里，这一瞥间的显示，青天，白水，绿草，慈母温软的胸怀，是故乡吗？是故乡吗？

光明的翅羽，在无极中飞舞！

大圆觉底里流出的欢喜，在伟大的，庄严的，寂灭的，无疆的，和谐的静定中实现了！

颂美呀，涅槃！赞美呀，涅槃！

（选自《志摩的诗》，上海新月书店，1928年8月版）

泰山日出

我们在泰山顶上看日出。航过海的人看太阳从地平线下爬上来，本不是奇事；而且我个人是曾饱饫过江海与印度洋无比壮丽的日彩的，但在高山顶上看日出，尤其在泰山顶上，我们无厌的好奇心，当然盼望一种特异的境界，与平原或海上不同的。果然，我们起初时，天还暗沉沉的，西方是一片的铁青，东方些微有些白意。宇宙只是——如用旧词形容—— 一体莽莽苍苍的。但这时我一面感觉劲烈的晓寒，一面睡眼不曾十分醒豁时的约略印象。等到留心四览时，我不由得大声地狂叫——因为眼前只是一个见所未见的境界。原来昨夜整夜暴风的工程，却砌成一座普遍的云海。除了日观峰与我们所在的玉皇顶以外，东西南北只是平铺着弥漫的云气，在朝旭未露前，宛似无量数厚毳长成的绵羊，交颈接背地眠着，卷耳与弯角都依稀辨认得出。那时候在这茫茫的云海中，我独自站在雾霭溟蒙的小岛上，发生了奇异的幻想——

我躯体无限，长大，脚下的山峦比例我的身量，只是一块拳石；这巨人披着散发，长发在风里像一面黑色的大旗，飒飒地在飘荡。这巨人竖立在大地的顶尖上，仰面向着东方，平托着一双长臂，在盼望，在迎接，在催促，在默默地叫唤：在崇拜，在祈祷，在流泪——在流久慕未见而将见悲喜交互的热泪……

这泪不是空流的，这祈祷不是不生显应的，巨人的手，指向着东方——

东方有的，在展露的，是什么？

东方的是瑰丽荣华的色彩，东方的是伟大普照的光明——出现了，到了，在这里了……

玫瑰汁、葡萄浆、紫荆液、玛瑙精、霜枫叶——大量的染工，在层累的云底工作；无数蜿蜒的鱼龙，爬进了苍白色的云堆。

一方的异彩，揭去了满天的睡意，唤醒了四隅的云霞——光明的神驹，在热奋地驰骋……

云海也活了，睡熟了兽形的涛澜，又回复了伟大的呼啸，昂头摇尾地向着我们朝露染青馒形的小岛冲洗，激起了四岸的水沫浪花，震荡着这生命的浮礁，似在报告光明与欢欣之临在……

再看东方——海句力士已经扫荡了他的阻碍，雀屏似的金霞，从无垠的肩上产生，展开在大地的边沿。起……起……用力，用力，纯焰的圆颅，一探再探地跃出了地平，翻登了云背，临照天空……

歌唱呀，赞美呀，这是东方之复活，这是光明的胜利……

散发祷祝的巨人，他的身彩横亘在无边的云海上，已经渐渐地消失在普遍的欢欣里；现在他雄浑的颂美的歌声，也已在霞彩变幻中，普彻了四方八隅……

听呀，这普彻的欢声；看呀，这普照的光明！

（选自《分类小品文选》，上海仿古书店，1936 年 1 月初版）

郭　风

郭风(1919—2010),原名郭嘉桂,福建莆田人。出版《蒲公英和虹》《你是普通的花》等55部。

虎　溪

这里的虎溪,

和庐山的虎溪,有什么不同呢?

——它们都从一座古寺前流过,它们都迷漫一种遥远的、雾一般的有关佛的传说的氛围……

它们现在都成为一缕涓涓的细流了。

有青草丛生于溪中,不知道的人误以为是一条少有行人的小径;

它们或将成为一种陈迹,成为一种前人文献中记载的资料。但是,我想,

——到时,会有有心人来追寻它们:

这里的虎溪以及庐山的虎溪……

醉仙岩夕暮

夕暮,我来到了这里。看见

醉仙岩的岩石，

构成不似门的石门，构成半开半闭的石洞，构成短促的小径，

——短促有如爱的相会；

构成一座石的高台，站在台上，可以眺望海、港湾以及飞翔的海禽，可以眺望港口的暮霭和海上的灯光，

——路暗光已夕。

于是，

我沿着小径走向岩下，走向人间……

（选自《鹭涛》，1986 年第 3 期）

过齐白石故里

那里，从车窗里所见的是遍野的荷花。

那里，有他的童年时代的梦和幻想吗？

——我看见平野的地方，有一座丘岗（淡淡的山影，有如一抹蓝烟）。

那里，有瀑布倾泻下来？有小溪流淌出来？那里，有很多蝌蚪随着小溪的流水，一直游到田野里来吗？

那浮在水面上的荷花的圆形绿叶上，有青蛙在跳来跳去？

——这些，他直到暮年还倾注着儿时的情感和稚气，——写入他的画卷中？

还有蝉、蜜蜂，

还有雏鸡和蚯蚓，

还有骑在牛背上的儿童，

——这些，到他暮年时，都一一倾注着他儿时的喜悦、惊异、痴想以及对于故土和儿时小同伴的怀念，写入他的画卷中？

那里，车过处，所见的是遍野荷花。

它们仿佛是从他的画卷中，移植到他故乡田野的池塘中来？……

（选自《人民日报》，1986 年 12 月 12 日）

柯　蓝

柯蓝(1920—2006),原名唐一正,湖南长沙人。出版小说、电影剧本、散文集、散文诗集30余种及《柯蓝文集》(6卷)。

野性的湖

一

铁锈般乌漆的云,在等待我。还有无影的痛苦的风,在为我吹着口哨。只有那密密的堤岸上一排不透气的小椴木林,拥挤在一块,在小心翼翼地为我担忧受怕。这一望无边际的湖中的海啊,你充满野性,我就这么悄悄地来到了你的身边。

此刻,你冲击沙岸的堤涛;此刻,你在原野上颤动的水光,以及你呼啸在广阔湖面的傲慢和粗野,都在我心中引起了难以抑制的思念。

是一对恋人粗暴争吵后,双方在任性怨恨,相对沉默吗?

是一个长途跋涉者在夜宿的小店中,孤寂地沉思吗?

是在分离的时刻,那无法约束的阵阵难以平息的风暴,在心中撞击着脆弱的堤岸吗?

你还使我想起,这也许是一群野牛野马居住的所在。只有那远处的一点黑色的归船，在看不见的飘荡中，才令人想起这是一个野性的湖，一个湖中的海。

二

黄昏前的一阵暴雨，像是前来问候我的过客，匆匆地来，又匆匆地走了。我接受了湖风的邀请，来到松软寂寞的沙滩。

午后，那些红男绿女把欢笑带走了，把迪斯科的乐曲带走了，只留下一些杂乱不清的脚印在松软美丽的沙滩。这是一些没有思念，没有依恋的符号。只有那几条深深压下的车辙，才使我想起这野性的湖，有了它自己的生命——这是人赋予它的生命呵。于是，我静静地谛听这不断传来的湖涛声。为什么听不出它的痛苦和欢乐呢？也许是它太广阔难驯，太严峻莫测……难道你的野性，把痛苦和欢乐都吞没了吗？

三

野性的湖，半夜猛然推开我的窗户，抛进一道闪电，和雷声中的雨点。我立即站在窗前，接受你这意外的情意。我知道，这是你对我的呼唤。这是你用刚毅的微笑，在我柔软的土壤中，种下坚强的果实。呵，野性的湖，你也许来得突然，也许我还不习惯你这野性的抚慰。但，我的心却为你颤动了。

四

从湖上走来的野风呵，你要猛烈地横扫你心中的闷郁吗？你摇晃着一切树木和整个原野，你吹起寒冷和沙石，袭击着我的手和脸。你掀起了整个湖面的波涛，放出一层一层跳起又倒下的白浪，向我扑来。野性的湖上的野风呵，你的豪迈，你的雄壮，使我忘记了我的渺小，我的脆弱，和我的一切不足。远道南来的游子，知道一个从零下四十摄氏度严寒中获得生命的兴凯湖，一个从几千年民族灾难中挣扎的兴凯湖——这野性的湖，这湖中的海，给予我的全部的爱的意义。

（选自《人民日报》，1986 年 5 月 12 日）

彭燕郊

彭燕郊(1920—2008),原名陈德矩,福建莆田人。出版《彭燕郊诗选》等10余部作品。

金鞭溪

我从你的梦里穿过,那么轻,那么静,怕给你带来干扰,而你,你可真是怕感染我这轻轻静静的行程。我的梦无始无终,不会中断,为了我梦中的行程,是你,早就忙着了,忙着用各种各样的绿包裹我,浓得像蜜一样的深,薄纱般的浅淡,不深不浅雨丝般飘忽的粉绿,都是为了让我的行程来来回回、停停走走,深一脚浅一脚地行步迟迟。我的梦悠远,带点微明,带点闪闪的阴暗。梦邈远,有时突然用一闪而过的阴暗窥探这各种各样的绿编织起来的迷茫,各种各样的绿堆砌起来的神奇。相信你知道得很清楚,陪伴我的除了绿的气流,还有这绿得快要蒸发的溪水,它的语言是用澄清的静止说出来的,说着,说着,就好像都在刚刚开始说一样,我像听第一句话那样专心地听着,很少喧哗,很少笑,很少哭。我听懂了,它只是想提醒我,让我有更多的梦中的联想。我也说不出已经有多少,还会有多少,联想是没法计算的,谁能把这么多的绿碎片收拾起来,连缀起来?那些披挂着绿的衣服、绿的饰物的岩峰,成行成队站满溪边,他们才不相信自己有石头的骨肉呢。

它们相信它们不是别的，只是一片固定在梦中的云彩，为了让梦中的绿有更多的辉煌，它们用沉着的金黄和饱和的银白，塑造了这许多你好像见过的陌生人。我想我也可以是个幻想，是无论什么样的幻想的实体，我的思绪都能活在它们永恒的坚固里。那些深深浅浅的绿，不也在用它们的纷披和密茂，编出引发无穷联想的故事吗？梦是不出声的、轻的、静的行程，来来回回、走走停停的行程里，树丛和岩峰的碰撞是轻轻的，岩峰的绿影里，游鱼的闪现是静静的，它们都在永恒的宁静里从永恒存在到永恒。难道可以说这不过是梦？可以说就算是无始无终的梦也是短促的吗？难道有必要追问是谁为你安排这一段梦中的行程？注意一下深深浅浅的绿里面，你的脚步落在哪一个幻想的实体上吧，身前身后，永恒的无声里，你听到的可是绿色的叮嘱里传出的生命的喧嚣？我想我快要走出这绿的隧道了。我知道你想把我留在你的梦里，留在这绿的围困里。那还有必要吗？我已经在这段行程里留下点什么，也带走点什么了。那是往日的我的一些蜕皮，天真得、坦率得叫我难为情的这些蜕皮的碎片，胆敢用锃亮的新鲜的绿，逗留在丰富的、无边的绿里，成为从这个梦里分离出来的另外几个梦中的一个。在这梦里我已变得更加单纯、更加幼小，生命以一种新的形态存在。只因为从你的梦里能穿过时我进入了自己的梦，我发现，梦和无边的美、无穷的好奇心和无穷的神秘是分不开的，难道这就是宇宙的法则、生命的法则？感谢你的和我自己的梦，我好像多少懂得一点了。

（选自彭燕郊散文诗集《漂瓶》，花城出版社，2010 年 3 月第 1 版）

叶　金

叶金(1922—　),原名徐柏荣,江西吉水人。出版专著《新婚之余》《阳光的踪迹》。

含鄱口上

停立在含鄱口上,仿佛有点惶惑。我像个可怜的孩子,失落在自己霓虹灯炫耀的都市里。

是的,含鄱口,我眼前陈列了过于丰盛的珍馐,使我因惊喜而惶惑。呵,请看,那么多巍峨的山峰,那么多诡幻的云彩,那么多奇异的芳香,那么多唱歌的泉水……还有,那么浩瀚的湖泊,那么朦胧的烟云,那么辽阔的原野,那么遥远的天空,……

我把自己迷失在这五色缤纷的景境了,我的心情,一似梦见自己是童话乐园中的王子般舒畅。

我的思想也给这五色缤纷的景境缭乱了,在含鄱口上,我涌起无数的遐思,但无数的遐思又在含鄱口上沉落……

好像云,幻成一个形状,随即又消散,连回想也不让你回想一下……

一九四六年夏　牯岭

(选自《阳光的踪迹》)

王知十

王知十(1924—),笔名江河、闻一等,河北辛集人。出版《爱的风帆》《沧桑篇》《相思树》等。

阳关古道

一

褐色的荒漠。灰蒙的塞尘。

一面遮天盖地的帷幕笼罩了大漠。

太阳暗淡无光了,月亮和星星被吞噬了。

一切都在朦胧中,大漠变得更深邃神秘。

此刻,大漠是一部有难度的教科书。

望之,弱者胆寒,强者志愈坚。

二

阳关在哪里?古道又在何处?

沙龙吞没了阳关,阳关古道湮没在瀚海里。

唐代诗人王维喟然长叹:“劝君更尽一杯酒,西出阳关无故人。”

悠悠的思情，凄凉的别绪，千百年来一直萦绕在西行的游子的心头。

阳关扬名了！

诗人却给西行的人酿造了一杯浓郁的苦酒。

酒，是苦涩的，也是香醇的。

一代人又一代人的前仆后继，西出阳关，终于踏出了一条闪耀着光华的“丝绸之路”！

好客的阳关，为西行人斟满了一杯壮行的酒！

三

“古董滩”是阳关的骄傲。

它印证了阳关的黄金时代。

瀚海吞噬了阳关，却孕育了震古烁今的“古董滩”。

敦煌汉简、唐代的开元通宝、晶莹闪光的琥珀珠、古代的陶器、叩之发金石声的阳关古砖，这些稀世珍宝都为“古董滩”收藏了。

“古董滩”是一位博古通今的史学家。

它为阳关立了传，为世人著了一部不朽的阳关志。

愿有又一条新兴的“丝绸之路”，西出阳关，向西域延伸！

（选自《人民日报》，1988 年 12 月 6 日）

丁　芒

丁芒(1925—　),江苏南通人。出版《丁芒文集》及诗集、散文集、诗论集等40部。

初见蜃楼

我多么高兴地接受了大地的欺骗。我宁愿相信这是现实,不是虚幻。我并没有失望。

我太需要在茫茫的沙原和戈壁滩上建立起希望的楼阁了。

戈壁并不是地球的一块坏死了的大脑皮层,因为,蜃楼是地球的梦。

当我向那水云迷蒙处扑去,葱茏的林木,峥嵘的楼台,闪亮的眼波,都一齐发出梦呓般的声音,平缓,绵长,充满着依恋,像水纹一般扩散开来,一直被送到远处发亮的天涯。

仔细听去,却又没有什么响声。倒像是无数泡沫在自己心中翻腾,碰撞,破裂,小溪似的噗噜噜作响。也许是随着蜃楼浮光的波动,在我意识里激起的声音吧?

我也在做一个沸腾的发出响声的梦。蜃楼也许正是我梦的投影。

谁也不会怨恨自己梦的虚幻,因为希望常常就是梦的灵魂。而希望,却经常有着光彩的形象。

因此，我们宁愿地球能做许许多多的梦。每一个经过戈壁的人，都会从地球梦境的折光里，寻觅到希望的形象。

蜃楼在设计着戈壁的未来。它是未来的模型、缩影。它引诱着、指示着、鼓舞着人们生长切实的希望。

因此，每个见到蜃楼的人，无不向它欢呼。

（选自《黄河诗报》，1985 年 9 月 28 日第 19 期）

漓江归鹭

从淡去的晚霞里，流淌出一丝白云；

从下沉的波光里，迸飞出一袅水影。

朦胧的紫雾来了，为它氤氲；

清凉的晚风赶来了，为它拂拭。

—— 一羽归鹭，缓缓沿着江岸飞行。

山影渐渐黑下来了，漓江绿得更为深沉。没有暮雨，没有炊烟，漓江的傍晚幽静得透明，像一块寒玉，被归鹭的翅羽，弹刷出幽微圆润的乐音。

白鹭浮飞着，像飘动的一抹幻影，驮着个悠长的梦，飞向邃密的夜色，飞向丛林。

漓江因此入睡，漓江的梦也是晶莹的。

从水滨，欸乃一声滑出一支竹舟，仿佛漓江的一声呓语，一个安恬的笑意。

（选自《桂林山水散文诗十六家》，作家出版社，1995 年 11 月版）

耿林莽

耿林莽(1926—),江苏如皋人,现定居青岛。出版散文诗集《散文诗六重奏》《望梅》等12部,散文集《人间有青鸟》等3部,文学评论集《流淌的声音》等2部。

雨:湛山寺外

满山坡的阳光,怎么说撤就撤了?寺庙,殿宇,庭院,骤然间陷落。

脱不掉的黑袈裟,阴沉沉披散。

这时候,雨来了。雨,闪过。锡箔之光如念珠,玻璃的颗粒。

被雨淋湿的鸟声,加重了珠子的分量,渐渐沉重。

簌簌抖动的青色叶子,弹拨着雨。

雨呀雨呀,被弹断了。闪光的丝弦。

我擎一把伞,在寺门外站着。

短墙内,郁郁森森排列着树。一个小和尚,在井栏边打水。

那雨加深了黑,把下午染成黄昏。

雨从站立的瓦楞间哗然而下,如奔马,如瀑布的喧腾。

我擎一把伞,擎不住一天的雨声。

在我身边,一座七级浮屠,岸然而立。

琉璃瓦,翼角飞檐,艳艳虹彩已在岁月漫漫中走失。

风来不动，雨来不惊。塔——像老人，像一尊佛。

安安静静地，不睡也不醒。

罗布泊之魂

这里没有水，罗布泊。

没有水。找水的人失踪了，骨头不知道埋在哪一座沙堆。

他叫彭加木。罗布泊有他的墓碑。罗布泊就是他的墓碑。

古长城残骸，还在沙滩间点缀。历史的脊骨，一千年。一千年前，人们用芦苇编出筐，以沙石筑起戍边的堡垒。

芦苇是柔弱的，柔弱的腰却成了民族的脊骨。

如今，烽火台没有尘烟，没有水也没有火，只有风的呼啸。

风的呼啸是野蛮的，它肆无忌惮。驱赶着沙子，践踏沙丘，用手雕塑一座沙山成离奇的怪兽，然后把它吞没。

风是饥饿的。

当风静下来，当阳光软弱地躺在沙子上喘息。我听见戍边人语。

那沙哑的声音不是彭加木。是彭加木在说话。

一千亩荒沙，说的都是水。

赤　壁

血是红的，火是热的，岩石却冷。冷冰冰地站着，一站千年。

赤壁虽冷，名扬千古的那一场大战，却还在舞台上热着，热得烫手。

蒋干偷书，孔明借箭，黄盖诈降，庞统献策，阴谋与阳谋并举，赢得了争霸夺权一场内战的全胜。

周瑜儒雅，鲁肃敦厚，诸葛亮风度翩翩，三人伸出手掌，同时亮出一个“火”字，扬扬得意地呵呵一笑，八十三万人马的性命，休矣。

干柴烈火，漫天盖地，一条江水全烧红了，赤壁之石炙手可热。千艘楼船上，一个个健壮的男儿，烧成了灰，又被猎猎的东风吹散了，一粒也不曾留。

纵火者的美姿，锣鼓喧天中走红多年，接纳着千万观众热烈的掌声如雷。他亲笔题写的“赤壁”二字，还镌刻在那高高的崖壁之上，气势非凡。

月白风清的夜晚，白露横江，水光接天。苏轼的一叶扁舟悠然而过，他吟道：“乱石穿空，惊涛拍岸，卷起千堆雪。”

我想，不是千堆雪，而是千堆血吧？赤壁周边无辜士兵们的血，千年之后还在江水中滚沸，激起层层巨浪，拍击着岸。

岸上赤壁冷冰冰地站立，不动声色。仿佛，什么也没有听见。

（选自《鼓声遥远》，四川文艺出版社，2012 年 5 月第 1 版）

纪　鹏

纪鹏(1927—2006),吉林九台人。出版《山情水韵》《献给祖国的花环》等10余部作品。

白浮泉抒怀

北京昌平龙山下干涸的白浮泉,原为元朝郭守敬引水进京工程的起点……

——摘自手记

踏着离离荒草掩盖的小径,揣着怀古的幽思,我来寻找白浮泉的遗址。

泉水晶莹的足迹难觅了;

明镜般的面容枯萎了;

记载水的奇迹的断碑倒在地上;

当年唱着水的欢歌的九眼汉白玉雕刻的龙头,虽然还张着嘴,却变成停止歌唱的歌喉……

谁还能想象出,竟是它们挽起西山的众多泉水轻柔的手臂,汇成滔滔巨流,迎来京杭大运河的千帆进京,实现了"以舟代车,以河带路"的世世代代的梦幻呢!

运往大都来的岂止是"官俸军食",也运送苏杭的江南美景,它也是滋润元王朝皇城的乳浆，在燕赵之地的水利工程史页上，留下辉煌的篇章！

今天，首都虽然建成“北京的内海”——密云水库、怀柔水库、官厅水库……，可是“京密引水渠”还是按照郭守敬引水的路线流淌！

白浮泉虽然断流，纪功碑却不应残断：

北京人将永矢不忘这位“习知水利，巧思绝人”的“中国用水管理之父”的郭老啊！

（选自《人民文学》，1989 年第 12 期）

啊，棒槌峰

你可是旭日、朝霞的朋友！

你屹立在避暑胜地承德的东方，当各地游人看到旭日东升，朝霞铺锦的时候，就望到你那亭亭玉立的身影。

你可是落日、晚霞的朋友！

当夕阳西下，晚霞烧天，避暑山庄平静的湖面又映出你亭亭玉立的倒影。

你可是山和海的朋友！

你屹立在承德东方群山的顶峰，与青山为伍。岩石却又有流水的痕迹，山石上还能看到鱼化石。传说这里原是海泉，你就是海泉眼上的“定海针”。如今，沧海变桑田，你成为这里的山峰！

你这耸立在悬崖之上、下细上粗的奇石，阅历过历代的兴衰；笑望过一千四百多年前北魏时期最好的神箭手射向你的箭矢只能落在你的脚下；又看到皇家的避暑山庄变为人民的旅游胜地……

我说，你是承德的一座无字碑，给历代游人无尽的遐想，这不比有字碑给人们的记忆和联想更丰富么！

（选自《百泉》，1985 年第 1 期）

杨子敏

杨子敏(1929—2008),原名杨锡光,笔名泯之、成苑,河南新安人。出版长篇小说《红石》(与人合作),散文诗集《回音壁》,散文集《随心集》,独幕剧本《复仇的火焰》等。

海通法师与乐山大佛

用什么办法能够算得出下面的数字来呢——

凡游览乐山者,有几人造访过海通法师的泥像?又有几人不曾瞻仰过乐山大佛?

瘦削、枯槁的海通,趺坐在幽暗、潮湿、隘陋的山洞中,手托一只圆盘,盘里盛放着他亲手剜下的他自己的两颗眼珠……

和相距咫尺、伟岸煊赫的乐山大佛相比,海通是何等寒微、冷寂?

让我们的想象,回到一千二百多年前的唐代开元年间去吧,去看看蜀地的老幼妇孺,如何惊骇地望着海通那双鲜血淋漓的眼珠,一双双颤抖的手,摸出藏在衣襟里的开元通宝,施舍给剜目化募的海通,小小的钱币,一枚一枚累积起来,积成一座高高的山峰,积成一尊硕大无朋的乐山大佛。

海通是卑微的,他的创造,却无限大于他自身,成为一项世界之最。

海通是卑微的，他的创造却至大至尊，是连创造者自己也须为之顶礼膜拜的、主宰万物的神。

有人说：海通法师，并无其人，不过是好事者的杜撰。

然而，万里赤县神州，千度物换星移，何处不曾闪动过那创造着神明又俯首听命于神明的“海通法师”的身影？！

（选自《当代散文诗选》，春风文艺出版社，1998 年版）

廖代谦

廖代谦(1929—2007),湖南桂阳人。出版诗集《雪山云海》《不老的猎户星座》等。

不谢的浪花

千万年前,你的青春时期,自然是千水汇集,万顷碧波,鱼龙嬉游于怀中,鸥鸟洗翅于浪头。你是突然逝去的吗?

满湖的浪涛,真像是在一瞬间猛地凝固了。不信你看,那五千八百多平方公里的湖面,一眼望去,都是重重叠叠的浪,好一幅定格的飞涛图!

察尔汗的浪花是不谢的。只是由于千万年的沙掩尘盖,这些浪被涂抹上一层褐黄的苍老而已。

你干涸了,你的灵魂还在荡漾中。

你干涸了,那是扬弃了稀淡的水,为给世界奉献盐的精晶。

你干涸了,干涸并不是枯死。那一条条新开的矿沟,一山山洁白的钾肥,一堆堆纯净的精盐,都在用耀眼的雪白宣告你又进入一个新的青春时期。你的浪涛,正在国民经济统计图表上呼啸着涨潮。

察尔汗盐湖,一个波欢浪涌的湖。

(选自《散文》)

陈　犀

陈犀(1930—1997),原名任萧丁,河北宁河人。出版诗集《山村》《田园抒情诗》,散文集《和弦》等。

天之一柱

风,凛冽。寒气袭人。

雾霭中,仰望大泽山并不太高的主峰,竟使人感到有些个迷离。

看那矗立的山石,像是天上倒悬的云块;

那墨黑的云块,又像是山巅欲垂的危崖;

呵,原来,这是在天地相接之处,竖立的一块石碑——魏碑!

魏碑,就这样斜倾着,不坍,不折!

一千年了。虽经自然条件的变异,历史的风雨的侵蚀,都没能把这块碑石摧毁,碑文已剥落而无法辨认,但碑身却像一块古老的化石,地老天荒也难以磨灭;

是在哪个朝代建立的,是怎样搬石上山凿碑的,为什么要让碑身微倾,我都没有细问;因为,我已明了,它,本来就是天之一柱,地之一阙!

这时,我站在魏碑一侧,看山下风景,在以地雷阵驰名的大泽山的冬日,已为来春培植葡萄园做好了准备;为了让葡萄牵藤结籽，在黄土平原上，竖起千万根长方形的石桩；

从透视的角度看，这不都是天之一柱吗？

我感叹，人民，是顶天立地的。……

板桥三爱

在十笏园，一支墨竹，一蓬兰草，一炷高香，都使我心沉郁。

墨竹，枝干挺拔，象征刚直不屈；

兰草，清幽淡泊，象征高风亮节；

高香，悠远素雅，象征祈祷和祝福，爱民而不附炎权贵；

这就是当年潍县县令郑燮的形象。

板桥老人，爱竹，爱兰，爱民。

按当时世俗的观念，板桥老人却也怪哉，不爱功名利禄，偏去爱那不该爱的三爱。

在人的胸腔，有两个心房，两个心室，而板桥老人，却偏偏多开了一朵心花，飞出一个飘逸而脱俗的灵魂。……

（选自《海鸥》，1983 年第 4 期）

柯　原

柯原（1931—　），原名章恒寿，河北景县人。出版散文集《南方的爱情》等10余部作品。

天安门广场

天安门广场是一部历史，一部从受难到反抗，从落后到振兴，从动乱到安定的历史。

人们不会忘记八国联军的兽蹄，耀武扬威地践踏天安门的历史，也不会忘记五四运动声势浩大的民族浪潮涌过天安门的历史。

人们不会忘记开国大典，欢呼与鲜花铺满广场的历史；也不会忘记十年动乱中，红色狂潮呼啸发热的历史。

自然，这一切都已成为往事。进步的浪潮滚过广场，汇入辉煌的史册；逆流曾经几度在这儿翻卷，又都被时代荡涤而去。

如今，映在人们心灵上的天安门广场，是一片鲜花、歌声与灯盏交织成的欢乐天地。国家领导人在这儿迎接各国贵宾，无数旅游者在这儿游览、拍照。情侣们在晚风与花香中散步，少先队员在人民英雄纪念碑前举行队日活动……这一切都浴满了宁静圣洁的光辉。

看，广场上的玉兰花灯，多么晶莹璀璨！

天安门广场，是中华民族的圣地，历史年年在这儿书写金色的篇章，永远在人民的心上闪闪发光！

人民英雄纪念碑

中华大地上的一座高峰。

每天都有人到这里来瞻仰，来自全中国各地，也来自海外四方。

人们沿着汉白玉台阶一层层走上去，神情肃穆而庄严。人们懂得，这是一条历史的道路，中国人民从苦难的煎熬中走到这里，走了一百多年——

历史从虎门炮台的怒吼声中走来，从太平天国奔驰的马蹄声中走来，从武昌起义密密的枪声中走来，从五四运动悲愤的呼号声中走来……

每一幅浮雕都浓缩了大地上无比壮阔的历史画卷，那是抗日战争中神出鬼没的青纱帐，那是茫茫大江上冒着炮火前进的千万风帆……

听啊，那是历史的潮声，有呐喊，有呼唤，有雷火的飞迸，有热血的飞溅。无数人的脚步声组成滚滚浪涛，不停地奔腾而来……

于是，艰苦的征战，无私的奉献，圣洁的心灵，深情的目光，凝成了这一座丰碑，这是中华民族挺立的脊梁，这是中国人民站立起来的象征。

有了这样的脊梁，我们将在任何风云迷雾中头颅高昂，目光明亮。

有了这样的脊梁，我们将在任何惊涛骇浪中踏平艰险，一往无前！

（选自《人民日报》，1986 年）

吴克坚

吴克坚(1932—),江苏如皋人。发表过多种文学作品。

圆明园

强盗们把肉吃了把骨头吐在这里——
支离破碎,体无完肤。
每块石头都沾满野兽牙缝里溅出的腥臭;
每块石头都折射着硝烟中贪婪号叫的狰狞;
每块石头记录了一个民族耻辱的账册;
每块石头都已是燃烧不尽的火焰。
还有什么呢?
强盗们把肉吃了把骨头留在这里……

(选自《中国散文诗90年》,河南文艺出版社,2008年1月第1版)

唐大童

唐大童(1932—)，又名唐大同，重庆南川人。出版《大江东去》《唐大同散文诗选》等诗和散文诗集10余部。

八达岭上

向东远眺，那缥缈的云和浪汹涌的地方，是山海关吧！

向西远眺，那迷蒙的黄沙漫漫的地方，是嘉峪关吧！

东边隐隐传来了海澎湃不息的呼啸，西边隐隐传来了远行骆驼卷着风沙的叮当。啊！几千年历史演变的风云，这时都奔腾在我无限宽阔的胸中，而视野，已经没有了极限……

倏地，我猛然听见，那从另一个星际世界发回来的呼唤：那小小的旋转着的地球身上，能够清晰地看见的，宛如一条蜿蜒的腰带，不就是中国的万里长城么！

于是，我兴奋地爬上最高的一座烽火台，站在神圣的自豪与骄傲的峰巅，把一切自暴自弃、消沉颓废、哀伤叹息……统统甩进了历史的垃圾堆。一瞬间，一个古老民族多少世纪的热汗、血泪和聪明才智凝练而成的善良和坚韧，全部压缩成我心中的一个坚定的信念，一个执着的追求。这信念和追求是风尘仆仆的，犹如从过去的硝烟中旋转而来的车轮；这信念和追求是驾着希望的春风的，犹如穿云破雾飞向未来的翅膀；这信念和追求是透明的、发光的、炽热的，犹如一轮新生的旭日……

（选自《青年作家》，1984 年 5 月）

黄鹤楼上

我和我的信念，都屹立在黄鹤楼上。

我和我的信念，俯视着龟蛇锁着的大江，俯视着雄踞中华大地要津的武汉三镇的英姿、气概……

我向西远眺，远眺大江的源头；我向东远眺，远眺大江入海的海口。

我的信念在远眺啊。

远远的西边，波涛翻涌，汇聚了千万座雪山的力量和希望，汇聚了千万条小溪大河的气势和声威，穿过山谷，闯开高峡，怀着执着的追求，莽莽然奔流汹涌而来；

远远的东边，辽阔宽广，水天茫茫，呼唤与携带着湖泊、平原、城市的豪情壮志，浩浩然向大海奔腾澎湃而去。

一条大江汹涌、澎湃、奔腾着的，是伟大民族坚韧不息、前仆后继的生命。

——信念在奔流，奔流的信念啊……

我，像一朵灵气洋溢的云，飘飘然向上飞升，飞升，黄鹤楼的立地顶天驮着我的灵魂。

在默念着流传千古的铿锵诗句的一瞬间，我已乘上幻想中的黄鹤，悠悠然盘旋于白云之上，盘旋于中华大地的辽阔、雄伟之上。

我看见了，我的民族的信念走过的弯弯曲曲的征程，和那些在征程上留下的血痕、足印……

我还看见了，屈原、李白……一颗颗永远飘荡在神州大地上、飘荡在历史的空间中的诗的精灵，闪闪放光的民族的精灵……

还有那位最早乘着黄鹤、怀抱着一卷卷神话传说的仙人……

更重要的，我是在仔细地寻找，寻找通向远方，通向未来，通向真善美的灯塔……用民族伟大的信念和不屈不挠筑起的又一座黄鹤楼。

那隐现在缥缈的云雾之上的未来的黄鹤楼，正向着一代一代辛劳的我们跋涉招手……

（选自《当代散文诗选》，春风文艺出版社，1988 年 6 月第 1 版）

海　梦

海梦（1932—　），原名吴怀乡，四川金堂人。出版《海梦文集》《花朵晨露》和中、长篇小说多部。

诺日朗瀑布

站在山与海之间，我是一棵树。

瘦瘦的风，摇晃着你满头白发，我思绪的叶子落光在冬季。敞开胸襟，紧裹你冻僵的小手，没有春天的许诺，一张雪白的信笺，写满只有你我能懂的文字。

远山的墙，厚得难以望穿，观景台上看不见你昨天的风景，我只欣赏你今天的勇敢。冷风把你晶莹的泪珠洒来，打湿了我的梦窗，巨大的阴影扑倒在地上，心上的阳光被挤走……

远方，电杆上的彩色葡萄在燃烧。长街、高楼、岁月、女人的微笑与我擦肩而过。我依然立在你脚下，低下头寻找你心壁上我呼唤的回音。

（选自《散文诗世界》，1993 年第 6 期）

咸亨酒店门前

孔乙己，你还站在这儿，等谁？

身上无钱买茴香豆吗？你微笑不答。

多少年了，你的影子留在人们心中，不走，不散，像梦一样酸楚，像酒一样可爱。

别等了，鲁迅不会来的，他正在耕耘那一方野草。

合个影吧，交个朋友，我们一道去种草。

今天，野草已不野了，种在人们心中，如诗，如画，正在美化人的灵魂。

心的旷野，繁花似锦，野草也会长成大树，正在开花结果，独领风骚。

孔乙已有些激动，张开双臂，要把伟大的时代拥抱。

（选自《散文诗世界》，2014 年第 11 期）

曾伯炎

曾伯炎(1933—),四川中江人。出版散文诗集《野蔷薇》。

古 荔

南海之滨,罗峰古寺前,我邂逅你这千年耆老。

一部春华秋实的编年史,续写了千年,仍年复一年地倾吐着洁白而芬芳的话语,嫣红而甜蜜的文字……

我翻开一章。

东坡先生坐在您浓盖下,长髯飘飘,以一副孩子的憨态咀嚼着,一日三百颗,咀嚼着您对生活的挚爱,也爱上岭南了。

想不到,他即兴吟出一句"不辞长作岭南人",您就永远铭记着,不辞长作岭南树了……

多少人间的兴亡,也引不出您的悲叹,抹不去您对生活的浓情蜜意。何况,年年有海上的飓风,南方的酷暑……

始终擎着一只绿色椽笔,您一生都在抒写诗人没有写尽的蓝天碧海……

我想,被感动了的南海,每晨捧出它炽热的心,高悬天空,是赠您一个新丽的标题吧?

在南海神庙里

这庙，能容下海吗？海之灵，就是这泥偶吗？

一炷香烟，袅袅升起千里思绪……

我挺立在帝王们匍匐过的殿堂里，眼里闪过悠长而迷离的历史。

庙外，黄埔港传来隐隐涛音，是南海在向我亲切耳语："我会枯坐那祭坛上吗？"

"你见过云海的吧？舒卷着，翻腾着，那是我的梦。"

"你见过林海吧？葱茏的，茂盛的，那是我的青春。"

"你见过山海吧？逶迤的，跌宕的，那是我的雕塑。"

"沙漠之海，也是我的骨骸呢！"

"但我永远活着，以旗的海去席卷腐朽，以灯的海去吞噬黑暗，以花的海去美丽大地……"

"难道你忘了，我将潮汐也漫入你的心海，让那些如花似海的浪花，化作你的诗，在你的心壁上，留下永不磨灭的记忆？"

此刻，庙外走来一个水手模样的七尺男子，粗犷的脸型，宽厚的胸脯，浓密的浪发，眼呢，深沉得看不见底……

（选自《星星》，1984 年第 5 期）

桂向明

桂向明(1933—2015),笔名绿筠,江西贵溪人。出版《如果我十九岁》《灵魂在高唱》等12部作品。

绍兴——桥

到处都是美丽的桥。桥上历史烟云,桥下小船悠悠。

桥,镌刻一串光荣的名字——

八年治水,三过家门而不入的大禹;

卧薪尝胆,十年生聚,十年教训,终于灭吴复国的勾践;

“睥睨一世何慷慨,不握纤毫握宝刀”,为近代民主革命殉难的女侠秋瑾;

一生战取光明,总是踏了铁蒺藜前进的文坛巨匠鲁迅……

他们也曾登临桥头!

他们不就是纵横域中,名扬宇宙的桥吗?

我走上拱桥。我久久伫立。我感到人生的圣洁与壮美。

几千年重重叠叠的脚印,其中也有我,一个卑微的乡村教师的脚印。

是的,我也是桥,一座微不足道的小桥。

浪　井

浪井，位于九江。相传为西汉名将灌婴所凿，长江起浪，井内扬波……

一条脐带连接母亲的河流。

于是，我也有江水的性格。虽然局促一隅，却托起小小的浪花。

浪花，一簇汲取，一簇奉献，一簇惠特曼的进行曲……

我有洪水淹没的焦躁，

我有复苏后的昂然奋起！

也许，这是生活的酬答——少女选择我的明眸，我选择少女的笑靥。

我日夜喷吐，喷吐心中永不褪色的感谢，喷吐飞向新世纪的旋律。

呵，我有一个永远躁动的灵魂……

（选自《诗刊》，1985 年第 1 期）

刘湛秋

刘湛秋(1935—2014),安徽芜湖人。出版《无题抒情诗》《遥远的吉他》等诗集、散文诗集22种,译诗集多种。

巫山云

远远地看,你是那样的朦胧;

近近地看,你依然是那样的朦胧……

魅人的绿色的巫山云啊,你在似雨非雾的迷茫中,闪着奇丽的身影;你在柔和的阳光中,幻出百般的颜色。

好像永远不可能触摸,好像永远不能来到你的眼前。

只有绵绵的江水,深情而痛苦地在山下歌唱,倾吐着无尽的相思。

你紧紧地拥抱着山,山也紧紧地拥抱着你,没有任何的邪恶的力量能把你们分开。无论天晴还是阴雨,甚至大风,你都不肯远离,留下山孤单地生活。

看望你的那些渴慕爱情的眼睛来了,又去了!

他们深深地理解,这儿的云总是长,没有消,那是永远年轻的爱情,总是在年轻的眼中,发出绿生生的美色!

(选自《遥远的吉他》)

朋友,去太阳岛吧

朋友,去太阳岛吧! 如果你渴望火热的青春,如果你期待那一串串樱桃般的微笑,如果你喜欢那如梦的轻拍的浪花……

那儿,太阳像可爱的小鸟,在每一棵树上都筑起一个小巢;一阵风吹来,眼前闪动着无数太阳的翅膀,使你的心升腾,飘荡。

那儿,太阳以它永恒的活力,每时每刻都在酿造翠绿,蒸发出热的欢乐,空气里起伏着处子才有的甜蜜的呼吸。

那儿,太阳会消融所有的愁烦,痛苦,忧伤,疲倦,滋生出清爽的欢乐。

也许,你去的时候,天正下雨,太阳也会从云层上面微笑地望着,从雨丝中把诱人的紫外线赠给你,温暖你的身躯,并且岛上娇翠欲滴的景色抚慰你的目光。

朋友,去太阳岛吧! 无论什么时候……

太阳岛,那是太阳、江水、土地共同孕育的女儿,是一颗神奇的钻石,是一只永不离港的船,是你心中永不凋谢的爱情。

在那儿,你会捡起一粒太阳的种子,它会在你身上发芽,使你永远快乐,青春,年少!

(选自《当代散文诗选》,春风文艺出版社,1988 年版)

邹岳汉

邹岳汉(1937—),湖南益阳人。出版散文诗集《启明星》《青春树下》,诗集《远去的帆》及《中国散文诗发展史话》等。

黄果树大瀑布

泄流千尺。

作雨。作雾。作虹。

风雷阵阵。

已不再是当初没见过世面的幼年河——像一群驯服而又有点顽皮的小山羊,被遮天蔽日的青山翠谷牵着,从高寒偏远的山冲出去,忙着去赶场赴集似的,一步三跳,孜孜矻矻绕坡越坎——一路上,还汇合了众多的溪、泉、涧、泊,已然是一条声势浩大、一往无前的壮年河。

十里开外就看得见的,那棵高大、神奇,四季撑开一朵绿云,百年等来一次挂果的老柚树呢?树上悬挂的那枚据说孕育着一条金牛的黄金果呢?

甜甜的憧憬。酸酸的诱惑。

一条伟大的河流善于顺势而为，也敢于适时拒绝。

拒绝风平浪静、循规蹈矩的平庸。

拒绝先贤圣哲对于未来路径并不高明也不确切的指引。

拒绝大地保姆似的呵护与依托；

拒绝两岸绵延亘亘对你言谈举止的一切规范、约束……

于是，在遭遇没有其他任何出路的悬崖绝壁最后一刻，一抖擞，惊世骇俗地，凌空一跃，化作一条裸体的河流！

从此，获得彻底的解放与自由。

远雷。近鼓。

飞流直下的满腔豪情，淹没多少墨客骚人堪称不朽的吟唱；绝处重生的壮美，泻入无数星眸闪烁、偏爱夜半抬眼望月、深不见底的犀牛潭，在古往今来那些仰慕者敞开的心底，激起层层飞珠溅玉、势若开辟新宇的壮阔波澜。

余波纷涌。挤挤攘攘地，汇聚成一条气势更为轩昂的大河，滚滚东去！

大漠行

仅仅是传说。

这里曾经是海。一夜豪赌，坐拥万顷碧波的东海龙宫浪子，把一望无际的浩渺与富饶，输给了觊觎已久的西部荒原。

从此，一文不名地褴褛着。

几丛红柳。几茎枯草。风沙漫天。

几处荒芜破落、形销骨立的烽烟墩，可是当年较量慷慨、投注青春的赌场？

那些被遗弃终年不见雨水、干涸拆裂的戈壁沟底、形容憔悴而初心不改的贝纹石，在烈日狂砂日复一日地炮烙刑讯下，深切缅怀很久很久以前的——

惊——涛——骇——浪。

偶尔裸露旷野，或驼或马或驴或人已经脱臼的下颌骨（脱离有机整体而以物证名义存世），以白森森、齿音清晰的语言，骇人听闻地诉说：某个驼队在艰辛、漫长的旅途，突然遭遇滚滚沙柱尘霾迷失方向，而后从人们视线与记忆中永远消失的悲惨故事。

那些被战火焚烧，被流光踏碎，被潮流遮蔽，辗转流落风尘的秦砖汉瓦、陶瓷残片，刚从小心翼翼发掘着的铲子下露出不堪的脸，就急不可耐地喧嚷——要进入浩繁而缺失甚多的历史卷帙。

一座被时间积淀物埋没数千年的废城，正在被新世纪高高抡起的镐头所发掘，被高踞断壁颓垣之上，头戴宽沿遮阳帽、手持罗盘，满额沧桑、目光深邃的哲人，久久凝视……

摩挲。考证。

而后，摇首叹息。

我们长途跋涉欲寻求的，载着炊烟、幸福，生机勃勃而被大漠条块分割、团团包围的绿洲，不就是昔日渺渺沧溟里零星散布，仙境般美妙的礁屿吗？

若此，我便是仅存于世，荡向无涯之旅的一叶海——之——舟——了。

四望沙丘，起伏连绵无际。

如浪！如潮！

是某种威力无边的魔法，使那排排势若吞天的巨浪洪波骤然凝止？

那一系列亘古相因、貌似波推浪涌的沙丘，实在是一堆堆失去活力的固态存在；犹如曾经创造过灿烂辉煌东方文明的古老民族，在长期专制下僵化的思维，只是留下一片无际的荒凉、与日俱增的渴意。

泱泱然。至今，它们却依旧倔强地秉持内心自由的意志，依旧保持着：

单等一声号令，随时投入真正的大海洪涛，

自——由——奔——涌，那无比生动的姿态。

（天长地久。坚信总会有那么一天。）

夕阳下。我与收藏太多美妙诗句、野史轶闻，而今已是残破不堪的阳关故垒——比肩而立：

一个以渺小而鲜活的个体形式存在的当代旅人，与背负关牒文书、坚持以历史本来面目呈现的西域使者在此地邂逅，相握、相拥，并随手拍下一帧时下流行的二人酷照——

一半是神情凝重的反思。

一半是面对未来希冀的微笑。

久久地。遥望旷远垂暮的天边。

我等候着。等候一支新兴商旅，沿袭并超越前人的足迹，自远而近悠悠然传送过来阵阵越来越清晰、铿锵悦耳、久违的驼铃铛响，杂沓而满有亲和感的人唤、马嘶。

等候着：自遥远天边，哗哗然汹涌澎湃而来，声声迫近的，

千——层——海——浪！

管用和

管用和(1937—),湖北孝感人。出版专著《彩色的童年》《细流与暮雨》《萤火》等29部作品。

西出阳关

风,扬起沙;沙,抽打着风,孟浪的风沙搅浑阳光。阳光疲惫而寂寥,制造出一片昏暗。

黄沙漫漫,漫漫黄沙。这就是昔日的古沙场?战刀呢?鼓角呢?雕弓呢?牙旗呢?羌笛呢?

一切都沉入了历史的深渊。

唱一曲古《凉州词》。唱一曲《阳关三叠》。

漫漫羁旅,悲凉?悲壮?荒漠?死寂?

不!你看那里矗立的寿昌城墟,你看那里颓圮的烽火台遗址。神奇、傲岸。庄严迎人而来,豪气迎人而来。烛火烽烟,惊天鼓角,震天呐喊,一切,仿佛仍在一片茫茫中交响,荡气回肠。

而大漠留下的不仅仅是往昔的回响,寂静里也蕴含着今日的柔情,沙海遍布着神秘,令遐想与向往丛生。驼队的铃声如歌如诉,创意着诗的意境。列车的轰鸣冲破沉寂,伸展着激情与希望。撒播的草粒树种,生长着不灭的信念。抖动的旗,则昭示着进取与开拓。还有奇迹般出现的沙漠绿洲。还有芨芨草、骆驼刺、梭梭菜,倔强的生命,于枯焦中闪烁出生的风采。

啊!何须唱:劝君更尽一杯酒;骆驼般的跋涉者,步步西行,不会将这一片单调的枯黄视作生的绝境。

啊!不必唱:西出阳关无故人。

(选自《难忘的100篇散文诗》,人民日报出版社,2005年1月版)

滴水泉

一滴,一道闪光。一滴,一声叮咚。

有人看你像泪,那是一双哀伤的眼睛;

有人看你像酒,那是一双恋醉的眼睛;

有人看你像珠玑,那是一双爱珍宝的眼睛;

有人看你像星星,那是一双充满了幻想的眼睛。

而我,看你像一个音符,凝聚着渴求的激情;渴求奔波的歌唱,不安于寂寞的平静。

一滴,一个坚强的意念。一滴,一个纯洁的灵魂。啊!一滴、一滴、一滴……一串串清脆的撞击之声韵——去求索前面的道路,去吟唱曲折与不平,去汇入小河、大江、大海的交响曲里,歌唱着献出你动荡的一生!

一滴,一道闪光。一滴,一声叮咚……

(选自《汾水》,1981年第7期)

许　淇

许淇(1937—2016),祖籍上海,定居包头。出版《许淇文集》(10卷)、散文诗集《词牌散文诗百阙》《辽阔》及小说集、散文集10余部。

姑　苏

月儿弯弯系在柳梢头,系住我少年时代水巷里撑篙的轻舟;系住我驴背上的雨丝、画纸和诗思;系不住古老的苏州。

呵,七里山塘的黄昏,那繁热的茶肆酒楼;

呵,乌鹊桥头的清晨,叫卖刚摘下的菱藕;

呵,葑门外的茭白,娄门外的鱼鹰,盘门外的篷帆,今安然否?

邓尉的梅已谢,天平的枫未赤,洞庭山的枇杷梅子正丰收熟透!

游子归来。一街的琵琶,一街的三弦,一街的吴侬软语……

系不住的岁月绸缪,却如寒山寺钟鼓声歇、深宵更漏。前程正远,行期在即,须早发,月在桥头。向塞北;惜别依依,我梦的苏州!

(选自《人民文学》)

兴安岭秋歌

落叶松的叶子是针状的，到了秋天，就像金黄的茸毛，金黄的发丝，在风中卷舒，在夕阳里潇洒。

到罗叶松林中去，当叶子掉落，你脚踏的是图案斑驳的细软的针毯，是大自然用时间的经纬编织的。

深红的柞树下面，临风颤摇着淡黄的线叶菊，那是梦寐着的斑斓的秋。

在斑斓的秋之梦寐时，落叶松、蒙古赤松、柞树、黑桦和白桦，彼此之间似有特殊的默契和关联，整个原始森林在手拉手地咏秋歌而曼舞。

针叶和阔叶混交的森林，秋风没有忘记去亲吻每一片树叶。

于是，森林里不停地纷落着黄金雨，把小径、把风、把倒木全埋了，转瞬间，一切都显得异样，树与树之间，彼此隐藏着黄金的秘密。人也被周遭的秋光照亮了。小白桦挂着无数铃铛随秋风摇荡，你听到甜蜜又怯生的叹息。

林子的那边流过阿里河。阿里河水是蓝的，湛蓝，湛蓝，蓝得那么深，那么浓。

（选自《辽阔》，内蒙古人民出版社，2014 年 3 月第 1 版）

张　长

张长（1938—　），白族，云南云龙人。出版专著《凤尾竹的梦》《张长小说选》等10余种作品。

风城抒情

你哪来这么多风，下关？

是谁给你命名：风城？

春天，你先把山茶那如笔的蕾吹开了，写下了一树诗；

你旋紧了从苍山垂下的十八根银弦，于是，流萤飞舞的静谧里荡起了夏之夜曲。

在明净的洱海上，你推着一页页白帆，送来了太阳和稻子的香气，送来了一个金秋。

给娇嫩的冬小麦盖上厚厚的棉絮，这是你一年中最后的礼物了。

啊，下关风，我心上的帆也升起了，请吹开它吧，我要去诗海采珠，也许我们会获取一二，然后带回来，

献给我的民族，献给我的祖国。

洱海一瞥

如镜的水面，鸟在水中而鱼在天上。

视野里有两叶帆，一叶是白的，还有一叶也是白的。

像一对翩翩的白蝴蝶，它们轻轻划来，紧紧依偎着，栖息在岸边。

（春天了，这对蝴蝶是否从蝴蝶泉边飞来的呢？）

岸上，坐着一个渔女，她托着腮帮，默默地，蹙眉望着远方沉思。

她难道，因为那成双成对的蝴蝶……

南诏德化碑

“闻道云南有泸水，椒花落时瘴烟起。大军徒涉水如汤，未过十人二三死……”

出现在白居易《新丰折臂翁》中那些远征南蛮的战士哪儿去了？被刀砍杀在苍山上了，被箭射死在洱海中了，“流血成川，积尸壅水，三军溃衄，元帅沉江”……

这，就是南诏德化碑所记述的。

它叙述了一个弱小的弟弟挨打并被迫自卫的经过；

它倾诉了一个炎黄子孙永不背叛祖宗的心声……

血浓于水，兄弟间也有反目的时候，但那只是一个家庭内部的争吵，骨肉兄弟终究要坐到一起来，会坐到一起来……

中华民族五千年历史，我虽然只读到苍山下这厚重的一页，却悟出了这个简单的事实。

（选自《散文》，1984 年第 5 期）

王宗仁

王宗仁（1939— ），陕西扶风人。出版报告文学集《历史在北平拐弯》，散文集《雪山无雪》《情断无人区》等。

夜的大昭寺

大昭寺在睡梦中醒着。

夜色并不黑暗，月光也不显得明亮。

朝圣者磕长头的声响加长了夜的深度。

额头的结痂变成石板地的凸凹。

金黄的飞檐在月光下沐身于高原的寂静，聆听寺外风雨交加的朝代。

我在寺前徘徊许久，思谋着那些摇摇晃晃的酥油灯光会不会突然熄灭。

灯光虽然可以使夜赤裸，它却不是光明的使者。

从修建起这座古寺那年，文成公主带来的唐柳就耸立在这里，成为一种永久的生命。

这时我最想攀上那棵已经枯萎的唐柳，看一看外面的世界还有多少彻夜不灭的灯，还有多少在灯中寻找归乡的路……

日喀则思考

在很远很远的地方，就瞭见了一片被阳光染得发亮的屋顶。

扎什伦布寺到了。

寺庙的经幡像一面面旗帜，上面写满了历史。这里的历史不像别处的历史，落到笔尖很久才有重量。

走近日喀则，我才看清这个城市布满各种形式的大街小巷。摇着转经筒的人们向扎什伦布寺拥去。

人们不是来这儿集聚，而是从这里出发。一队人去追赶另一队人，所有的人都在追赶一种梦魂。

这是一座很古老的喇嘛庙，每个殿堂里都点着很古老的酥油灯。

好几世班禅的肉身排成雄伟的灵塔群，每一个朝圣的人对它诉说着什么。

天空如沙漠。

我想，时光在流程中会擦亮一些人的眸子，同时也会消失一些人的色彩……

（以上选自《伊犁晚报·天马散文诗专页》2008 年第 11 期）

布达拉宫顶上的雪

在沙尘飞扬的日子里，拉萨人盼着一场雨。

雨正走在通往春天的漫长路上。

夏风拦截了它。

雪花飘飘洒洒地覆盖了八角街。

雪在空中走路的姿势美得让人心醉。

像抖动着的软软印花布，又像碎银在飞洒。

还像藏女燃烧的歌声。

拉萨的每棵树都挂着一身肃穆。

最数布达拉宫金顶透亮、晶莹。

不善言辞的雪美化了拉萨，它温柔的手抚摩到寒风到达不了的布达拉宫的背后。

雪夜，拉萨进入梦乡。

裹着白雪的金顶不再是虚构的月光。

一只迷路的乌鸦在大昭寺前的唐柳上扑棱着翅膀。

这究竟与雪有什么相关？

（选自《散文诗世界》，2004 年第 3 期）

刘 虔

刘虔(1939—),湖南武冈人。出版散文诗集《大地与梦想》等5部,传记文学《英雄之星——杨靖宇的故事》、报告文学集《拒绝平庸的年代》等。

人之韵:梁启超故居

榕根苍劲。榴花嫣红。蒲葵树飒爽飘香。南风吹拂的云彩上有海的浪声海的回荡。

雨打芭蕉夜深人静时的禅意已成往事。但那芭蕉叶上跳跃着的月光与日光,却依然不时激荡起过往的寂寥和那寂寥里绵延着的大地苦难的伤痛!谁能让逝去的岁月成为永恒?唯有历史能够点燃那些不灭的炬火!这里的怀想与纪念一扫人去楼空的哀痛。从凌云塔下茶坑村走出的孩子早已回到梦中故里。一尊铜像昂然而立,低首沉思于时间的基座上。深邃的目光深如"公车上书"时万民抱憾的忧愤,眉宇间却是江河翻腾奔突的狂澜,日日夜夜守护着眼前这片土地最初的觉醒,最初的荣耀,最初血色朗朗的啸嗷……但这绝不是最后的叮咛:"少年中国,少年中国,中国呵……"这游弋了一个世纪的呼喊依旧在晨曦夕照间传唤。我们走过他的身旁。一代一代的人们走进他的沉思。滚滚风烟直袭胸臆,走马今古。昨天的故事又从昨天回到眼前。那无声的凝视中便有了思考的烈焰与气血!

心之韵:陈白沙故园

高过云天的星光摇曳着十万锋芒,或已沉入大海?他从遮天蔽日的沙尘里走来。在与世俗争斗的生命奋进的苦旅中,走向仕途的梦想接连撞得覆水难收。风雨中一个转身,他决然回程故里归隐乡野,驻足于母亲的深院。潮起潮落旋涡接天,却也雍容满怀,淡定如秋之深夜轻抚烦恼人生的风清月白。白沙故园白沙魂!这里沉积着五百年来不曾歇息的一位思想者关于心学的宣告。那是倡言着主体性灵,超越尘俗,呼唤出了直率的天籁:学贵自得。行贵自然。思贵自静。天地我立。万化我出。宇宙在我。我是我自己的主宰……这是程朱理学之后,把心之活力与定力张扬在人的旗帜上的第一声!世间迷茫,被纯粹语言的呼告照亮。思想的地平线,又一次被拓展到山外青山山外天。按照心跳的节拍起舞,沿着血性的长路前行。“洗之以长风,荡之以大波,求之于心而得道。”手操古琴“沧海龙吟”,赋得“高山流水一声弦……”自得自悟自立自在如水上漂流的日子在心的高地奏响人生乐章。想必他是在某个风静的夜晚,从枯寂的过往回到故园的。如苍松屹立,那座手捋美髯的铜像高过所有后来者的目光。我仰望着,心自呢喃:敬礼,我的神!你早已把历史禁锢的一角洞穿。向往自由与尊严的人格将人的魂魄高举,只为冲决利锁名缰的羁绊!瞬刻入怀的,是那深海一样钟声的星光在摇荡……

殇之韵:崖门古战场

这是南中国天宇下纠结着千古幽魂游走不息的土地。崖门,屏蔽在老祖父皱褶里流播至今的旷古传奇……踏上原上草野铺展的小路,仿佛走进连天接地云雾茫茫的迷阵。天地有约,人心有约。遥想的思绪如梦蝶之狂舞,寒蝉之长吟。唯一不能忘怀的,是沉潜在时光深处的风暴,那苍劲而鲜活的历史更迭演绎喷涌而出的血光与火光呵! 七百多年前,南宋大臣陆秀夫背负着八岁的少帝赵昺投海自沉。绝望岂止是绝望者的坟场? 一场海战,沉船两千,浮尸十万。元军的追剿与围捕彻底终结了一个王朝的挣扎。被捕拒降的文天祥眼睁睁目睹着家国的倾亡。末路英雄因有悲愤满腔而气韵如虹:“人生自古谁无死,留取丹心照汗青!”这镌写在劝降书上的誓语和箴言已是泪薄长天……而今,如注的飞光早已流徙了哀伤。崖门大地年年有约,年年有春风与秋光平和的交响。那场海战的血浪或许依然灼热? 但也只能在夕阳的余晖里伴着渔人的唱晚传送到人们纪念与忆念的心坎上。这是历史为失败的英雄留存的碑刻,礼赞人性的精彩:信仰。忠贞。灵魂不屈生命不败的坚守呵……

(选自《人民日报》,2011 年 3 月 30 日)

方航仙

方航仙(1939—2004),笔名海柳,福建仙游人。出版专著《榕树,吹奏着乡音》。

鲁迅墓前的沉思

在上海虹口公园,我拜谒了鲁迅……

我是迟来的膜拜者,一棵来自乡野的小草。

背驮着沉沉的无知和疚憾,瞻仰一位伟大的英灵——

从苦难的中国地平线升起的一轮红日。

依然那么尊严,凛然,不可侵侮。

看得出,嘴角、眉梢已经平添了一丝欢愉。

不必再“破帽遮颜”,不会再“漏船载酒”,可以昂起东方民族高贵的头颅。西装革履穿过南京路,去游不眠的外滩公园了。

丁香花盛开在少女们深深的笑靥里。少男们正对着几位彬彬有礼的外国游客说着流利的英语。

浑浊的黄浦江之水不再流溢着血腥。

所有的汽笛不再呼喊着一个民族的辛酸……

蓦地,您那深邃的明眸里,透出一丝不安。

谁亵渎了您的不朽华章?

抑或华小栓墓头那只昏鸦,正躲在某个暗角里拍打着折断了的翅羽?

抑或谁正背着您偷偷编制起那张破了半个世纪的网?

啊,您额上残留的那片乌云何时方能消散?

我是一个迟到的膜拜者,一棵来自乡野的小草。

背驮着沉沉的无知和疚憾,无颜在您面前摄下纪念照。

猛转身,沿着您那炯炯的目光所向,走出黄昏,走进黎明,走向那"本没有路"的路,去填补自己伤残的灵魂,去塑造一颗属于自己的良心……

(选自《中国散文诗大系·福建卷》,广西民族出版社,1992 年版)

关于巫山神女

黎明,剥脱了人们思想的外衣;阳光,淋浴着人们灵魂的裸体。

一天最清醒的时刻,说是要朝见巫山神女。

船舷,挤着许多新奇,惊叹和渴望。

却不知她躲在哪里。

一片雾气升腾。一片白云飘絮。

只见刀劈的摩崖,只见风劈的山石。各种奇特的遐想,随同海鸟在崖壁盘旋。

不知道神女躲在哪里。大家却比比指指,都说看到了神女,心中各自编织着多姿多彩的神女故事。

绿色的故事和灰色的故事,

有的圆满,

有的残缺；

圆满的，满足了一种夙愿，

残缺的，化作一种遗憾。

巫山的神奇和慷慨，

给一万个游客留下一万尊神女的形象，

两万种神女的秘密……

（选自《中国当代优秀散文诗精选》，

北方文艺出版社，1990 年 8 月第 1 版）

任志玺

任志玺(1940—)，山东费县人。出版专著《迷人的土地》《任志玺散文诗精品百章》。

在淮河发源地

一部新编的《淮河志》就从这里插笔!

桐柏山的每块石头都是标点吗? 山花、小草、杜鹃鸟拍打花翅膀的鸣啭以及牧羊人脚下曲曲的小道,都是内容和文字吗? ……

一眼水井就分娩了你这桀骜不驯的淮河之龙!

三尺石碑竟树起了五千年历史,树起了两千里浊流和咆哮呵!

恢宏流去……

流成云门石窟不朽的佛像,流成大相国寺千手观音和扬州八怪们的艺术,灿烂着东方古老的文明……

咆哮地流去……

刀一般宰割中原,划疼着淮河儿女的记忆,划疼着中国大地的神经,于是我们又窥见漂流的牛羊、房脊及女人呼救的画面,又窥见《淮河怨》的歌谣被外婆的针尖缝进一双双稚嫩的眸子,被衣衫褴褛的汉子们一勺勺盛进黑陶碗里,颤颤地发抖呵……

《淮河志》的章节都是苦涩的吗? 直到有一天中国的伟人们自信地朝你大步走来,你才变得鹿儿般温驯和终于富有诗情画意了……

一部新编的《淮河志》从这里插笔，我们将淮井淮源淮碑及连绵的桐柏山脉，读成导言或者小序……

（选自《中国水利报》，1989 年 5 月 6 日）

蚌城鸽群

珍珠城的上空滑过一群灰鸽子……

又滑过一群灰鸽子……

与湛蓝的天空形成和谐。

与洁白的云朵形成和谐。

与淮滨大厦与南山宾馆与巍峨的淮委办公大楼形成和谐。

一幅素雅的炭笔速写画！

一片甜美而安谧的城市之天国！

但，即使蚌城繁华得每块石头都变成了珍珠，历史陵园的碑文依然清醒！青松的思绪，常春藤的思绪，不会淡忘战争曾使这城市之舟几经触礁和沉没，不会忘记流血的分量，不会忘记教堂深处祈祷的香火，曾渴望鸽哨划破疯狂的硝烟呵……

珍珠城幼儿园的阿姨在认真地教画一对美丽的灰鸽子；珍珠城幼儿园的娃子们在精心地学画一对美丽的灰鸽子，然后让它们衔一只绿色的橄榄，飞进一个个圆圆的酒窝子里……

珍珠之城鸽群振翅！意象鲜明！

在以清脆的鸽哨和洁净的翅羽轻拍着城市的思考，教所有人意识到毕加索那幅油画的不朽……

（选自《中国水利报》，1989 年 5 月 6 日）

马晋乾

马晋乾(1941—),山西交城人。出版《百花吟》《沉思集》等诗集、散文诗集多部。

长城随想

一

像长长的列车。

你运行的道路最长:始发站,中国封建社会的起点;终点站,中国封建社会的终点。

你早已停站了,永远地停站了。

你展览着一个古老民族的苦难、骄傲和沉思。

二

我俯在雉堞上,听风在耳边呼啸,看鹰在你脚下翱翔……

长城啊,你是多么巍峨、雄浑!

不知为什么,我听到的却是山沟里传来的千百万人的雄壮的号子,看到的却是他们削山切壁、飞筐走索的辛勤……

三

在千万座城堞上，你曾驮过秦皇汉武的威严和梦幻……

如今，他们哪里去了？他们和他们的一切，早被大漠的风吹得烟消云散！

四

当烽火台上升起报警的狼烟，谁能不担忧自己民族的平安？

猛然间，你又高了许多！金戈铁戟林立，使你更加巍峨、威严。

巍峨的长城啊，我赞美你，因为你的强大和无敌，不是侵犯的矛，而是守卫的盾；巍峨的长城啊，我歌唱你，因为你在决定一个民族生死存亡的时刻，不是钻洞的蛇，而是奋起的龙！

五

千百年来，你被锁在云雾里。

你的真实，被那个孟姜女多情的泪水模糊了。

多情应是你。千百年来，你为了万万千千范喜良的幸福，日日夜夜守卫在骄阳下，风雨里……

六

你不再是疾风暴雨中的一道闪电。

你的强光，已被摄入历史的底片。

七

我不是来你身边寻觅廉价的宽慰。我知道，你只属于我的祖先。

你也老了。你那被岁月剥蚀的青砖，再也支撑不起一个民族今天的骄傲。

长城啊，我听到你深情的呼唤了……

（选自《沉思集》，黑龙江少年儿童出版社，1988年版）

于耀生

于耀生（1941—2014），笔名北渔，吉林德惠人。出版散文诗集《雪线》《昨夜涛声》《情结乌苏里》，理论集《散文诗论稿》（与人合著）等。

长城，智慧与苦难的城垣

秋风和我一道跃上了这古老的城垣。

雄浑、古朴的长城，你贯串了中华民族历史的空间。

满眼火红的枫叶，燃烧着多少志士的情怀……

这盘踞在千山万岭之巅的长龙，它的每一块灰色的方砖都是血泪和着汗水凝造，它的每一层灰砖下面都窒息着悲愤的呼喊。为了万代相传的帝王基业，在这里，秦始皇曾指挥着一场血泪的和弦……

啊，长城，我看到了伟大的智慧、伟大的力量；也看到了伟大的忍耐、伟大的灾难。

我想，人们的心中自有一座长城，它不怕风雪的侵蚀，不怕历史的波澜；它是以献身于祖国的意志、不朽的精神——特殊的质料构成！

正是这样，才有人民的今天！

故宫太和殿金銮殿

这镀镍的铁栏划出了两个时代的界限！金銮殿就在我的眼前。

像演戏一样笨拙的豪华：两侧仙鹤衔烛起舞，凤凰侍立、消失了袅袅青烟的熏香金炉。当中横一张紫檀雕花的案桌，后面是一张镂金的大木椅——当年的皇帝就坐在这里！

演戏一样，上上下下，粉墨登场，演完了几千年苦难专制、血腥杀戮、谄谀倾轧的历史闹剧。

一天夜里，我的孩子从梦中惊醒了，紧紧偎着我。我问他看见了什么，他战战兢兢地说："爸爸，我梦见了金銮殿上的皇帝——他是一个长着牛角的怪物！"

这金銮殿看一次也就够了，我转身走出大殿，就像告别昨天……

（选自《星火》）

叶庆瑞

叶庆瑞(1942—)，江苏南京人。出版专著《爱的和弦》《山水二重奏》等。

乐山大佛

你，原是蓊郁的乐山的一部分。

自从有了一副石凿点化了你，于是，普普通通的岩石，平步青云，升入天界。

你不觉得奇怪吗？你被人超度的那一天，人们却又期待你的超度了。

你得到了其他岩石不能得到的敬仰，你也失去了其他岩石不曾失去的乐趣。

失去了山花的轻吻；

失去了流瀑的舞姿；

失去了群鸟的奏鸣……

乐山依旧乐，你乐在何处。

一件轻薄的袈裟，让你付出了沉重的代价——

有足，必须正襟危坐，为着尊严；有口，终生缄默不语，为着神秘。

这，就是做佛的悲剧！

教徒的眼里，你是最伟大的偶像；

乐山的眼里，你是最早风化的石头。

（选自《中国当代优秀散文诗精选》，北方文艺出版社，1990年8月第1版）

寒山寺的钟声

我伫立枫桥头，伫立于黄昏的暝色里。

被夕阳余晖镀得发亮的钟声，波光粼粼地轻悠悠溪水一般从寒山寺流来。

钟声是美的吗？可不，它被游荡的云，过路的风和早守在寺门的绿叶儿抢走了。匆忙间，遗留给我的，是那时断时续的袅袅余音，像悬浮于黄昏若有若无的薄雾，薄雾里时隐时现的峰峦。

这里的古钟并不特别，如同其他庙宇的钟。只因为历史在浇铸它时掺进了诗，所以古往今来人们才来这儿听钟的朗诵。

诗，在钟声里活着；钟，在诗句里响着。

我伫立在枫桥上，伫立在联系古老历史与遥远未来的诗行上。

黄昏，古铜色的苍穹仿佛一座大钟，沉思的我，是一只悬挂的钟锤吗？

（选自《散文诗的新生代》，宁夏人民出版社，1987年10月第1版）

杨远宏

杨远宏(1945—),重庆江津人。著有《喧哗的语境》《落幕或启幕》等诗学著作和诗集多部。

薛涛井

歌喉,埋进泥土,埋进深深的地层……于是,在高凸着忧愤的土地上,又多了一眼深陷的古井。

井水,漂过洁白的宣纸。那是无数个女性的梦,流走了苍白的身世。

井栏上,晾过淡红的诗笺。那是破碎的、浸血的年华,和片片飘零的花瓣一起,融入天边的暮云……

诗,在歌筵上,在淫笑的酒沫中,曲折延伸……

诗,在女性纤弱的脉管中,含着血珠,冲起红浪……

诗,在苦涩的泪滴里,浸入古井深厚的泥层……

井旁的竹影,捣乱我的思绪。水池里的荷花,燃烧着我的愤懑。

古井,已深不可测,还加上一个沉重的石盖。

我深深思考着:诗——女人。

(选自《当代散文诗选》,春风文艺出版社,1988 年 6 月第 1 版)

陈慧瑛

陈慧瑛(1946—),女,祖籍福建厦门,新加坡归侨。出版《展翅的白鹭》《陈慧瑛散文选》等17部作品。

鸣沙拾韵

鸣沙山,位于甘肃敦煌城南十里,与山下新月似的小湖月牙泉,共为我国两大“沙漠奇观”。

一

鸣沙山,你可是一个古朴悠远的梦?漫漫黄沙有如漫漫岁月,湮没了扑朔迷离的历史风烟,湮没了纷繁驳杂的人世恩怨,余下的,只是点、线、面一般的单纯与和谐。

这单纯和谐的美啊,留给人以无限想象的空间——与天地同宽阔,与江河共久长……

二

谁说大漠流沙,荒凉凄清?那古丝绸路上,驼铃声声;而今,拜谒的人群，更是“游子如云”。

有飞天翩翩起舞，朝夕相伴；有月牙泉澄碧似翡翠，岁岁年年，与你情同手足，相依为命。

塞外的风，因你而有了乐感：如羌笛，如琵琶，如贝多芬的命运交响曲，如舒曼多情的、流动的旋律……

三

从来不肯默默无闻，只要存在，就要抗争。

虽然只是贫瘠的沙丘，霜风如刀，烈日如焚，水和金子一样名贵，你尝尽了世上的艰辛！然而，有骆驼刺不屈的生机，有胡杨傲岸的风姿，你，便有了永恒的生命。

因此，纵使置身人烟稀少的荒原，你也从不感到孤独。千秋万代，你始终不绝如缕地歌唱。你用你那举世无双的歌嗓，向世人报告你的顽强的生存！

鸣沙山，来到你身旁，不由人不想起——那些即使在绝境里也不甘沉寂、不会沦亡的、伟大而绚丽的灵魂！

（选自《世界日报》，1986 年 9 月 2 日）

蔡　旭

蔡旭(1946—　),广东电白人。出版《蔡旭散文诗五十年选》等28部作品,散文集、短论集9部。

镜头下的西沙

蓝的是海。

一望无垠的蓝。波澜壮阔的蓝。心潮澎湃的蓝。

蓝得耀眼。蓝得神秘。蓝得深厚、丰富、五光十色又层次分明。蓝得无可比拟,也许是世界上最蓝的蓝。

蓝得不可相信,如梦如幻如酒的梦之蓝。

绿的是岛。

是星罗棋布般撒在南中国海上的岛屿与礁盘。浮在蓝色大海中的睡莲和翡翠。

是野生的抗风桐、羊角树、灌木丛,人植的椰子树、木麻黄。

是令人心醉的生命的色彩,及沁人肺腑的空气和风。

白的是家。

唐宋的遗址。明清的古庙。

现代的商店、银行、水产站、办公楼,盖着中国最南端邮戳的邮局。

还有海捞瓷,早在隋唐年代海上丝绸之路上沉落海中的不可改写的历史。

斑斓绚丽的，是生物的世界。

海底里绽开着各种各样花朵的珊瑚。沙滩上捡不完奇形怪状的贝壳。

在水中成群结队地穿梭的金枪、马鲛、鲨鱼、石斑及叫不出姓名的热带鱼类。

在天空盘旋飞翔、千鸣万啭的鲣鸟、暗缘乡眼和名目繁多的燕鸥。

还有，就是红色了。

那是海上日出喷薄的壮丽。五星红旗在晴空中迎风飘扬的庄严。

捍卫祖国神圣领土与海疆的决心和热血。

以及，我们每当看到、听到、讲到、想到西沙时，那颗激动不已的——心。

（选自《散文诗》，2012 年第 10 期）

朱谷忠

朱谷忠(1946—),原名朱国忠,福建莆田人。出版专著《乡野情歌》《朱谷忠散文选集》等10余部作品。

西湖,暮之唱

斜阳几乎在慵困的云中睡着了,朦胧的空中,尚未褪尽的晚霞,渲染着柔美的晕红。

静穆的山岳,在远方浮动着;恬静的柳条垂向湖面,以最美的姿势,默视着冰盘般湖水的曲线,聆听着奶酪般湖波的絮语,感应着丝绸般轻浪的呼吸……

一种溢自远古的意绪,伴和着华尔兹的旋律,揉进了飘着淡香的暮色。

长廊、小亭、忘归的人,还在默默地凝视着什么,柔情却又惆怅地缘木以求着什么,一任缥缈的思绪,颤动秘密的惊喜,等待炫目的星光,预告夜的斑斓的故事?

是什么,失落在沉沉的湖底?

——也许,只有一个人知道。

可这个时候,站立在这里的人,却不知道自己是多么美丽!

(选自《人民日报》,1989年5月20日)

谢明洲

谢明洲(1947—),河北任县人,现居山东济南。出版专著《蓝蓝的太阳风》《风景掠过》等作品。

沈园偶拾

轻盈的风轻盈地吹过沈园。
清波桥上,是谁,在微漾如水的月光下等候一个人。
等候一个人,不是陆游,也不是唐婉。
都不是。

八百年前的爱与忧伤,如今已经漫流成河。
至纯而凄美的诗句犹响在耳:
“红酥手,黄滕酒,满城春色宫墙柳……”
花落了,梦灭了,人去了。
而爱,疏疏密密的爱,浮浮沉沉的爱,澄澄澈澈的爱,至善至纯的爱,苍茫而悲凉的爱,多难而不幸的爱啊,未曾泯灭与凋零。

沉郁的风沉郁地吹过沈园。
是谁,站在清波桥上,在微漾如水的月光下等候一个人。

(选自《大诗歌》2010卷,中国青年出版社,2011年1月第1版)

李易安纪念堂

初春。走进纪念堂，走进海棠花的微笑，走进那段被讴歌也曾被鞭笞的、泛滥着青梅味的历史。

词人当年荡秋千的笑声，已被淹没在金人南侵的踏踏马蹄所掀起的尘埃之中。山河破碎，明月残缺，“凄凄惨惨戚戚”。春风袅袅，再也拨不响词人的欢愉。

《漱玉集》安然无恙。《金石录》安然无恙。叹息和出卖安然无恙。

历史倚在无望的肩头沉思。一缕，又一缕，回顾着弯弯曲曲的不幸。

民族躺在软弱和贫困中滴血。一滴，又一滴，孕育着图强与振兴的欲望。

初春。太阳播撒着玫瑰色的温馨。柳丝，在微风中摇曳着鹅黄色的诱惑。

已不是幽怨的时代。

已不是“人比黄花瘦”的时代。

纪念堂侧的一株柳荫下，有一位穿着正宗牛仔裤的少女，正捧读一册《第四次浪潮》，目光里洋溢着立体声的憧憬与骄傲……

红墙默默无语。脊瓦默默无语。堂廓默默无语。石桌与石凳默默无语。

只有艳阳如故。只有水清如故。只有花香如故。只有思念如故。只有爱与恨如故……

（选自《黄河诗报》）

谢克强

谢克强(1947—),湖北黄冈人。出版专著《青春雕像》《断章》等14部作品。

谒九女墩

不要惊动风,不要惊动树,也不要惊动草,就让她们在风里、在树林里、在草丛中静静地安眠。

九个女儿,抑或九个女兵。当我低垂着头,静静站在九女墩前,这里的树、这里的花、这里的草,无不引起我无限深沉的情思。

也许,女子被压迫最深,她们才反抗最烈、斗争最勇。当这九个女儿抑或九个女兵手举义旗、操持刀矛,以带血的呐喊,震颤着撞击清兵的刀矛,撞得太阳也在战栗时,我仿佛看见她们在刀光火影中的身影,宛若一朵一朵盛开的山花,怒放山野后香消玉殒……

历史,总让一些河流声名显赫,而让更多的河流默默无闻。于是,这群不为顽敌所屈、英勇抗击、最后牺牲的女兵,当如花的青春化为泥土后,连名字也没有留给历史。

然而,历史的辩证法总是公平的,君不见那些企望永垂不朽的往往在历史的尘烟中烟消尘散,而不愿留名的却声名长存……

这不，大理石的墓碑，作为战争的骨头，崇高而悲壮，为历史的辩证法作证！

楚天台远眺

楼梯起来越陡，步子起来越沉。

再往上一步，就登上楚天台的最高处了。

回首来路，真是一层有一层的眼界，一层有一层的风景啊！

飘飘然衣袖灌满了风，待湖风轻轻抚摸着额头的汗水，我也轻轻擦去迷离着眼睛的汗水，举目远望——

天空很蓝，蓝得像东湖盈盈的湖水；在风的吹动里，远处的云一朵一朵向我飘来；而水鸟在稍低处飞翔，轻轻掠过湖岸葱葱郁郁的树影、掠过湖上浮动的一只一只游船、掠过绿莹莹的湖水，朝梦里飞去……

此刻，我站在楚天台上，惬意地欣赏着这湖光山色。

是呵，我喜欢鹰击长空的开阔意象，也喜欢鱼翔浅底的清幽意境！

题东湖行吟阁屈原雕像

你从哪里来，来到这四面临水的岛上。

也许步履太重、叹息太重，偌大的一个楚国压在你的肩上，但你没有弯下腰去，而是峨冠博带，衣裙漫飞，依然临水而立，遥将忧患的眼神投向天外，昂首问天……

而你那嶙峋的瘦骨，是不是你的诗笔，饱蘸浓郁的江水，狂草人间的千年沧桑。

曾经，你情涌血酿的诗汛，拍天裂岸，谁知竟敌不过聒噪的舌头的几星唾沫，你不得不从沉痛与悲愤中走来，一路踉踉跄跄，怀沙抱恨投入汨罗江中。当你跃入水中激起的波涛，顷刻溅湿了楚国的太阳，震撼多少百姓高官的灵魂……

于是，楚国哭了，泪雨中，国人争相擂响鼓点、划着龙舟，打捞你溺水的诗魂！

历史的涛声真的随着时间远逝了吗?！

就在你曾行吟的津畔，就在你愤然投水的两千多年后，在一次劫难中，你又一次怀沙抱恨，被人再一次投入水中……

那时，望着由清变浊的湖水，我低吟着你“长太息以掩涕兮，哀民生之多艰”的诗句，以诗的悲怆，默默站在落水的湖岸，一任泪水溅起半湖秋水，默默悼你。

三闾大夫啊，是不是你以生以死爱着生你养你的土地？如今你又归来，以石的坚定站在行吟泽畔，挥之不去的忧愤从你坚毅的目光透出，审视着前来缅怀与瞻仰你的国人的灵魂……

（选自《山东文学》，2017 年第 1 期）

萧　敏

萧敏(1947—　),女,又名肖敏,重庆綦江人。出版专著《三月,女人的三月》《萧敏散文诗》等作品。

神女峰

一

我不愿重复关于我的传说,关于我的流言……

我遥远的爱,竟诞生在蛮荒时期。天庭震怒了,一片比水更晶莹的柔情,终于石化为孤零零的梦境……

我伫望,痛苦的伫望:

穿透古老的深峡,仍然只看见,迷迷蒙蒙的朝云暮雨……

我伫望,痛苦的伫望:

一缕轻烟,是李慧娘无依的魂魄?

弦弦掩抑,是秦香莲泪洒琵琶?

祥林嫂和文嫂的厄运,锤击过我的一颗石头心啊!在历史沉淀的重压下,石头心,也几乎裂为碎片……

江水样长长的岁月啊!难道总爱重复,对姐妹的重复,和我一样的传说,和我一样的流言?

我不愿,我身后的阴影,镀满女性们忧伤和失望的脸庞!

我不愿，江水样长长的岁月啊，只为我挂上浓缩的泪水……

二

我最早一个迎来朝霞，我最早一个披上晨光。我醒得太早了吗？

但愿我的觉醒，不只是一尊僵死的雕像，一瓣枯萎的心香……

终于，贞节牌坊和雷峰塔相继倒掉。炸裂声中，滟滪堆也消失了，消失在我多年冷得发颤，而今射出一线希望的目光里……

只是，我脚下的航道，为什么依然翻滚着一个又一个或明或暗的漩涡呦？无情的恶浪，随时可能把一个活生生的爱的灵魂卷入江底……

我的心，又不禁驮起沉郁而悲凉的重载……

神应实践神的诺言。我伫立着，我祈愿：我便是高高举起的一面爱的旗帜！

天宇的风，何时才能吻干我浸泡在流言里的泪珠儿呢？

我祈愿：我的痛苦不要传染给你们——多情的眼睛，不必噙满泪水……

（选自《北京文学》，1985 年第 4 期）

西安古城墙

西安的城墙很高很厚，据说有些名人的脸皮也比不上。

要上西安的古城墙，得花一元钱的门票。花一元钱也值得，能踩踩历史的厚脸皮，那也是一种荣耀。

城墙上挂着一些灯笼，仿佛是睡眠不足的红眼睛，是因看不穿古往今来兴衰的症结才熬红的那些眼睛吗?!

（选自《散文诗》，1993 年第 3 期）

桂兴华

桂兴华(1948—),浙江宁波人,现居上海。出版散文诗集《南京路在走》《新年酒吧》及诗集、报告文学集10余部。

岳坟对面,这道铁栏

每一层台阶前,都供奉着有所思虑的袅袅香烟。

但我,没有敬一炷香。

我的追思,已经转向对面。

我怒睁的双眼,把跪着的秦桧、王氏、张俊、万俟卨,死死盯着,死死盯着!

那帮奸诈,那些以“莫须有”的罪名诬害忠良的伎俩,就是从这道铁栏里走出!

扑向正直和良心,断送了将军的“八千里路云和月”!

这四尊反剪着双手的铁像,没有一刻甘心过。

想替他们松绑的,一直有双看不见的手。

这道铁栏,千万要筑牢啊!

历史,是最有发言权的导游,在一板一眼地提醒——

切莫再让那批阴谋，从这道铁栏里走出！

西湖，春天没有尾声

如果，春天有了尾声：
就没有久候梦幻的少女，比白玉般的路灯更加虔诚；
就没有被柔柔的柳丝拂着脸的石椅，成为情诗中的又一行；
就没有阳光下络绎不绝的缤纷，穿过柳浪；
就没有包括许仙、白素贞在内的所有令人回眸的冷艳；
就没有银子般幽静的月光；
就没有月光下与湖水一起不断流动的混声合唱。

那西湖，该是多么孤独！
那西湖，就不会缓步在岸边的一声声赞语之中了！
湖面，就会凝固成一块古怪的石。

因此，围绕过来的轻盈啊，请不要告别！
与每一朵桃花媲美的笑，请不要隐去！
如约和不如约的明媚，请一次次涌动！
湖中的第二群孤山，正含着激动的泪花。
向苏醒的黄莺们，传达楼宇亭阁间不会了结的希望。
继续吧继续，祝福延长了四月的苏堤和断桥……

（选自《靓剑》，东方出版中心，2013年3月第1版）

倪俊宇

倪俊宇(1948—),海南东方人,现居海口。出版专著《岁月的涛声》《椰岛绿风》等4部作品。

天涯石

南荒夕照,拉长荆丛间影子的孤独。

一匹瘦马,驮太多的忧愤,踏不平前路的坎坷。

古道尽头。石兀现,人峭立。

那铮铮如涛啸的谏言,催不响偏安的鼓角。那云铺月照的八千里路,在昏鸦的聒噪声中,折断。

历史的伤口撕裂出的慨叹,在天涯石的额顶上,溅起回声……

注视高天上的流云,倾听路边草根的屈伸。多少霜晨雨夕,折叠于皱纹皲痕。

应是补天的石头,被抛弃于远僻荒野苍茫海角。

昂一颗不羁的头颅,向千年无尽的涛声,讲说……

(选自《山东文学》,2014年第3期)

儋州东坡观棋石

落子声，痛得北宋在夕照里咳嗽。
那一声响，訇然震疼千余年的耳膜。

指掌间，有千百种翻覆，滚滚红尘在棋盘上变幻局势。
对于太多的对峙，你总观不透执子人眉间结起的谜。落子声的锋利，洞穿沧桑中的人世。
你唯独羡慕那枚卒子，涉水过河，开辟出一方新生的天地。

哦，棋子被谁抛出局外？赢耶？输耶？
一直坐在这石上观棋的，
其实是琼崖的布衣百姓。

（选自《星星》，2006 年第 9 期）

落日嘉峪关

又该是，戍鼓催醒警觉与乡愁的时辰了——

硕大的红灯笼，点亮城楼的眼。

城门，连声沉闷地咳着，铰断飞燕与行人的归路……

夕照，于关前铺一地苍茫。

一阵朔风，推动着另一阵朔风。哪一股风尘，震荡着战马嘶鸣？

锈了的锋镝、断戟，或是破碎的陶片、铜鉴，都走向了历史的背面……

我唯捡拾到一握逝去的夕晖与冰凉的星影。

此刻，有铠甲的余光在垛堞间闪过。

回望关前，漫漫黄沙，该沉埋多少心事与悲壮？

（选自《2007 年中国散文诗精选》，
长江文艺出版社，2008 年 1 月版）

黄亚洲

黄亚洲(1949—　),浙江杭州人。出版诗集《行吟长征路》、长篇小说《日出东方》及小说集、剧本集、报告文学集等多部作品。

五花海

童话世界、神话世界、梦幻世界,三个世界叠加起来,筛一筛,然后翻译一下,就叫九寨沟。

九寨沟再筛一筛,晶晶莹莹落下来的,色泽特别神奇的那一块,就是五花海。

一只绚丽的大孔雀潜泳在水里,阳光的手指撩开波纹,弹奏着她的每一根羽翎。

撩起一拨儿水,使劲一些,泼到天上,天上就开始有虹霓了。

再撩起来一拨儿水,更使劲一些,泼到人的心里,人就丰富了,丰富得甜酸苦辣了。

珍珠滩

由于整个石坡忠贞不渝地托住了瀑布,所以水在这个斜面上的舞蹈就呈现了各国的风情：柔软的，燃烧的，群马般的，杨丽萍的，呢喃的，舞纱巾的，半抱琵琶的，疯魔的，羞涩的，赤身裸体的。

水的波澜。声音的和弦。舞蹈的图腾。

云絮在天上，以棉花的姿态，擦拭着舞者冒出的所有水汽。

水像人性一样细腻和复杂，在它每一个细小的衣褶里，都藏着一部哲学。

（选自《散文选刊》，2005 年第 3 期）

王幅明

王幅明(1949—),河南唐河人。出版散文诗集《男人的心跳》、理论集《美丽的混血儿》及散文集10余种。

沉默的铁塔

多好的昵称:铁塔。其实它的建材并非钢铁,只是一座不折不扣的砖塔。也许是那些褐色琉璃砖的外形混似铁铸?是的。不仅外形,它的意志犹如钢铁,历经千年而不移。强者总是笑到最后。曾经高于它的繁塔,因为抵御不了雷击,中途败下阵来,九层的高度只留下三层。而铁塔,依旧巍然屹立,成为古都的地标。

黄河从古都的身旁流过。它滋养这座城市,又不断毁灭和掩埋这座城市。

造塔的人是位先知。他将塔建在夷山之上。如今,夷山消失了,塔却完好无缺。塔内建有塔心柱,支撑着铁塔,能够力挽狂澜而不倒。绕塔心柱盘旋而上,历168层台阶方可登顶,尽览宋都美景。当你从塔顶下来,忽悟北宋恰恰168年阳寿,似在印证一句佛语:冥冥之中自有定数。此时,谁能怀疑造塔人不是先知?

铁塔是伟大的沉默者。由于它站立的高度,成为千年沧桑的唯一见证。但它总是沉默,从不喧嚣,从不作秀,以至于无数次被人遗忘。

阅历最广博的人，常常是沉默者。

铁塔也说话，或者说，也歌唱，但无缘者是难以听懂的。

一位老人，远远地端详铁塔。看小鸟在铁塔的檐瓦上随着风铃的歌唱起舞。他渐渐露出笑容。

（选自《大观·诗歌》，2017 年 2 月号）

登鹳雀楼造访王之涣

消失了七百多年的鹳雀楼，又奇迹般地出现在黄河东岸。

王之涣，你可知道，多少人默念着你的诗句，在心灵的楼梯上攀登？

失而复得的雄伟建筑，是诗人最好的纪念碑。

让人惊喜万分，在楼阁的第八层，竟然与一千多岁的大诗人不期而遇。依旧风流倜傥，一手拿笔，一手拿纸，抬头雄视远方，成诗在胸。

极目远眺，看到了浩瀚无垠的时空之海。

也有了新的感悟：欲穷天下事，更下一层楼！

（选自《人民日报·海外版》，2015 年 10 月 20 日）

沈园的梅花

沈园的梅花开了。

千里迢迢而来，只为看看沈园的梅花。当然，还有那座小桥，桥两边的垂柳，映照过美人的池水，上写《钗头凤》词的残壁。

沈氏花园，是陆游爱情悲剧的断肠地，也是其终生不变的忏悔地。60 年不变的寻觅，铸就永不谢幕的旷世传奇。一次次的柔肠寸断，化作一首首感天撼地的泣血之诗。

1205 年，81 岁的陆游写下《十二月二日夜梦游沈氏园亭》：路近城南已怕行，沈家园里更伤情。香穿客袖梅花在，绿蘸寺桥春水生。三年后，耄耋老人又作《春游》：沈家园里花如锦，半是当年识放翁。也信美人终作土，不堪幽梦太匆匆。

八百年间，绍兴遭遇了多少次战火？多少园林变成废墟？然而，沈氏花园却奇迹般存留。沈家后人捐赠故园为历史铭记。陆游的沈园诗词令沈园不朽。

八百多年后，步前贤的后尘，来到沈园。

陆游寻觅唐琬。我们寻觅陆游。亘古男儿陆游，成为游客心灵的向导。

何方可化身千亿，一树梅花一放翁。

依然馨香如故的树树梅花，有陆游，也有游客的身影。

（选自《源》，散文诗季刊，2016 年第 3 期）

冰　岛

冰岛(1951—　),本名王月华,北京人。作品发表于《人民日报》《诗刊》等。

我心中的青藏高原

我心中的青藏高原,是一枝枝雪莲花组成的抒情部落。冰是冰的海拔,雪是雪的哨兵。

当清晨第一缕霞光在冰上舞蹈的时候,没有一块冰不豪情满怀,没有一片雪不激情澎湃。

雪域是卓玛写诗的地方。在高原,我是盛开的雪莲,我会生长出冰的骨头、雪的肌肤。我想在高原上种下我的格桑花,我想在羊群里邀请我那心中的卓玛,让奶茶滋润我的嘴唇,让哈达把我飘往神圣的白云。

高原高啊,它不过是雪山雄鹰歌唱的翅膀;雪莲美啊,它美不过卓玛纯真幸福的脸庞。

我心中的高原啊!一个人在高原上行走,所有的霞光跟我说:跟我回家吧!卓玛扔下诗歌和苹果,身体已暖如奶茶。

(选自《散文诗》,2005 年第 11 期)

洞庭记

八百里洞庭，只取一勺，就能撕开月球干枯的肢体和我枯燥的灵魂。

主人举火，落日才与寂静一起走动。

水下有彩色鱼群欢呼起舞。那是落霞隆重的葬礼。

一千年巴陵，只需一个秒针的奔跑，就可以穿越时光冰凉的肢体。

鸥鹭集群飞翔，从身边的沼泽地动身，天高水远，每一片羽毛可以拎起闪电，给我的眼睛带来风暴。

主人起网，网是空的，网里只有几粒很小很小的星辰闪着粼光。

一杯酒，试图肢解整个银河系。

八百里洞庭，只取一勺，让一棵小草突然成为植物中的王。然后统领春天衣锦还乡。

（选自《中国诗人》，2015 年第 4 期）

王志清

王志清(1953—),江苏南通人。出版专著《纵横论王维》《盛唐生态诗学》《中国诗学的德本精神研究》等作品。

千岛湖遇雨印象

淅淅沥沥的白栅栏,无垠无边地围圈,弃我于尘嚣之外。
千岛湖上的千岛们,成为容易消逝的如烟往事。

乘颤索的画舫漂泊,如一片秋叶的忧郁。
前不见岛后不见岸,
左不见人右不见树,
上不见天下不见土,
目中和心中浑浑噩噩的空白,一无所有的万物皆“空”。思想也被彻底地放逐了,流浪成四面突围的鱼。

家园何在?
道路何在?
根何以生而须何以长?

飘去泊来。

泊来飘去。

随着波而逐着流，声色不动地守住真我，任恣肆之水如楚歌四起。

在生存困顿中的基督这样宣称："我就是道路"。

我呢？我则是我。

只有水，只有水……

（选自《世界华文诗报》，1998 年第 6 期）

濯水沧浪亭

寻来沧浪亭，喘息如畏水的旱鸭，然而，失却了一试深浅暖冷的血性冲动。

我是来濯缨，还是来濯足，或者是什么都不濯？

沧浪亭，楚楚可人的古典，因水清幽古邃地铜绿而褶皱，成为方智大慧的浓度厚积。

那里面一定有鱼，有鱼的混混沌沌。

我也是鱼吗？直道独行，疲倦如破船的影子，在沧桑的时空里压扁了活泼的形体和心事。

"君到苏州见，人家尽枕河。"中国古代文人不得意的时候就往河边跑，

苏州之水，文弱如丝竹之音，不知可否"欸乃"一声？

退居苏州，买水石塑造出一种近水溜洗的姿态，让时人和后人读解诗人安时处顺的如水灵魂。

我是谁？我谁也不是。我没有缨可濯，也不濯足，可濯的是我那颗寻岸的心，那颗在历史的沟壑里浪浪的苦涩了的心呵。

既然坦然直面命运的放逐，我便以不系之舟的形式风流永远。

寻来沧浪事，什么也没濯着，而又仿佛什么都濯了。

我猛然发现自己正在成为寻桴之人。

有桴可渡吗？

有漂桴之水吗？

（选自《苏州》，1999 年第 3 期）

阳 飏

阳飏(1953—),祖籍天津,现居兰州。出版专著《阳飏诗选》《风吹无疆》《古遗址里的文明》等作品。

阳 关

一

阳关,穿越两千多年的实践,只剩下了你—— 一颗被遗弃的乳牙,或哭或笑,就那么在天地之间龇着。

或哭或笑,一夜之间你就长大成人,挽弓的人,随时准备着把自己当箭射出去。

死亡与光荣,黎明和黄昏,阳关无限夸张地横亘在中间,多少重大的历史事件,就这样不经意地被风吹散了。

风大啊,阳关的风能吹起半个沙漠。

二

风大啊,阳关的风把那么多的人全都吹成了沙。那么多的人,在一页一页的古籍中眯着眼睛往外看;那么多的人,全是风沙的脸。

阳关再远些，还有玉门关，还有长云孤烟。再远些，或者近些，就是满东方散步的佛留下的一座座洞窟。

阳关用一枚五铢钱贿赂自己，阳关为自己放行，从现在返回古代。

三

阳关耸立着，在暮色下变成了一堆熄了火的红碳，或者刚刚冶炼出炉的黄金。

阳关不语，大道不语，每一粒沙都是一位哑剧演员，我们后来人只能鼓掌，抑或沉默。

黄昏已经在天边召集它旌摇旎荡的仪仗队了，这是从古至今沿袭下来的一种仪式，为那些永远缺席的肉体。

四

风把阳火横着吹竖着吹，怎么吹都成调，就如同风把人吹成沙一样，这也是风向这个世界致敬的方式。

风如果不吹——风不可能不吹，如果没有风的喝彩，寂寞的历史又去哪儿寻找观众？那就让风使劲地吹吧——我将混迹于历史之中。

天空没有鹰，那是因为鹰全在我看见它们之前的时间里飞着。

（选自《散文诗》，2006 年第 1 期）

马 雪

马雪(1953—),祖籍浙江温州,出生于台州玉环。出版散文诗集《玫瑰色的雪晨》。

圆明园遗址

滚烫的火焰徐徐降落,仿佛就在昨天。

一块古铜色的伤疤,永恒地挂在中国的胸前。

昏庸的朝廷,谋杀从自己开始。

一手握着贪婪,一手攥着凶残,你一步步把自己逼向悬崖。站在颤抖的1860年,于是黔驴技穷。

一把火烧毁了优雅的愚蠢。

躲在你的背影里,我们晾晒烧焦了的思想,接着一次一次羞辱自己。

揭开紧闭的门帘,偷偷看一眼外面的灯光,火焰还会突然降落吗?

真正的掠夺再也用不着子弹和火把。

无形的火焰,以冰冷的方式降落,使我们有苦难言。

我们是否需要危言耸听?

(选自《东海》,1999年第4期)

白帝城

狼烟骤起，燃红了瞿塘雄关，也烧焦了西汉末年。

占山为王。又一个帝王在白光与剑影中横空出世，横空出世在这一片繁殖皇帝与奴才的土地上。

夔门在和平的环境里也隐隐显露着铁红色的胸膛，让人体会战争的凶残；一道石梯穿过狼烟弥漫的岁月，从云巅直挂而下，使白帝城高高在上，更显得寂寥与严峻。

从三国的悲壮到永安宫庸俗的彩塑，刘备，你托孤也只能长出一堆泥塑木雕。

我来白帝城，是循着李白的那一江湍急的流水和一叶东去的扁舟而来的。

从诗歌中感知的白帝城，相见时却全然没有了“朝辞白帝”的诗意，感觉到的只是权力的驰骋角逐和胜败的悲壮无奈。

（选自《东海》，1996 年第 9 期）

林登豪

林登豪(1953—),福建福州人。出版诗集《通过地平线》、摄影配诗集《拥抱瞬间》等作品。

青海湖

莫奈调色盘中后印象派的蓝色打翻了——
新鲜的湛蓝在心旌叠印着。
我的目光空阔了,浑圆了。
伫立湖边许久许久,许多许多漂亮的呼吸萦绕着我。
多看一眼青海湖,生活的音符也变成湛蓝的。
青海湖的水声、鸟声、脚步声,把我交响成一部咸水湖史。
青海湖的海拔有点吓人。
青海湖的天又近又低,又温又柔,又浓又厚,
我只担心自己也化作一片白云,悠悠。

我是一只善知季节变更的候鸟,眷恋地盘旋在湖上的千里长空。

突然没有姓名的身形一摇,直射湖心,耸立出里程碑,我净化后的脚趾一步一深印,执着地攀缘——

蜿蜒出一条清新的小径……

塔尔寺

你在莲花山中,依山就势地苍翠,画出啥样的背景?

在大西北坐成黄教圣地。

寺旁有一堆等待建筑的石头。

透过别具一格的藏式窗口,读峰读云读树读绿读长空读辽阔读黄昏的血色读大殿的偈语,竟读出藏族的色调和文化意味。

富丽堂皇的八宝如意塔,重叠着几多情绪呢?又传出怎样的福音呢?

用酥油塑造的佛像、人物、飞禽、走兽、花草树木、亭台楼阁——

感觉之外响着一阵躁动的艺术福音。

寺旁有一堆等待建筑的石头。

大金瓦殿的镏金铜瓦在阳光下金光灿灿,耀我双眼,突然目光变得悠长悠远……

今天是无雨无风的日子,无风无雨……

千年万年之后——

死了一些什么?又活着一些什么?

(选自《诗歌月刊》,2009 年第 3 期)

周祖山

周祖山(1953—),山东即墨人。出版专著《心灵之约》《薤露歌》《周祖山戏剧作品选》等。

探幽金鞭溪

一步石径,一步梦幻。十五里峡谷,十五里锦绣。

远离了尘嚣纷繁,拥抱秀山幽壑经纬的寂静。人在路上走,溪在身边流。哗哗啦啦的水声,莫非是土家阿妹琴弦滑落的音韵?鸟儿不见踪影,偶尔把一串水灵灵的鸣啼,送给走路人。微风时而掠过,沙沙叶声,一似哲人翻动书卷。

野草点缀着溪岸,翠绿的纺织娘绣着缤纷的花朵。紫草潭浪花绽放,银白的小鱼儿忽而跃出水面,画出一圈圈凉凉的圆。浆果缀满枝头,染紫山籁惬意的吟唱。

快放慢脚步,莫惊动那对“千里相会”的恋人甜甜的絮语,莫打扰“悟空”向“唐僧”汇报“八戒”又背媳妇的情形;莫吓走那位“藏书的书生”憨厚的身影。

为什么这儿笑意荡漾?省亲的“三姊妹”带着孩子回来了,或背,或抱,或怀。溪水洗去姐妹们脸上的灰尘,私语说得金鞭岩巍峨挺拔,说得金鞭溪清澈蜿蜒。

破译十里画廊

溪流开辟两岸青山。风，把高入云端的秀峰轻轻地摇。

绿色在这儿凝固，传说在这儿诞生。好一座画廊，绵延十里，既是画，更是雕塑，是诗，是歌，也是戏剧。

是谁？造就了人间美景？

看那“采药老人”，背着药篓下山来，篓里鲜活的药草，弥散着治病救人的芳香。

看那“三口之家”，其乐融融，女人抱着爱的结晶，教他牙牙学语；男人嘴里叼着香烟，气息氤氲成天上的云彩。

看那“天狗望月”，吠声惊动丛林，鸟雀翻飞，抛撒一天彩色的音符。

除非天上的工匠，谁人所为？

大自然的鬼斧神工和湘西人的奇思妙想，塑就十里画廊。

（选自《心灵之约》，中国文联出版社，2002 年 6 月版）

凌代坤

凌代坤(1953—),安徽人。出版诗集《南方水系》、童话集《花栗鼠和小野猪》等作品。

走出尖峰岭

真不该走进这片土地,真不敢相信,还有这么美的传说,未被风化。

一座山、一片岭,生长着那么多,原始的童话。

蕨藤、茅草呵,快快覆盖来时的路,瀑布、溪流呵,赶快拉起白色的幕纱。

山蚂蟥、黄猄蚁,这个时候,我才觉得你们是伟大的卫士,同任何想占有它的人,血战到天涯。

真担心贪心的人,知道这里有,几千年的树,上万年的花,真害怕,目光短浅的人,又要榨取商业价值,盘算投资开发。

这里是长臂猿、孔雀雉、太阳鸟、云豹的栖息地,这里是兰草、蝴蝶、小树蛙、小蜜蜂的家;这里是,热带生物的基因库,是大自然至今,还珍藏着的,一幅世界名画。

真希望去过，尖峰岭的人，都要喝上一杯，忘川之水，以免泄露天机，惊扰了另一个时空的，桃园人家。

琼州海峡

是谁用橡皮擦，在雷州半岛下方，轻轻一擦，擦出一道，琼州海峡。

然后，灌上蓝色的墨水，
供后人写，离愁别绪的文章；
画海南岛，最美的图画。

（选自《五指山》，2013 年 11 月）

王慧骐

王慧骐(1954—),祖籍江西上饶,生于扬州,现居南京。出版散文诗集《月光下的金草帽》等4部和《王慧骐与散文诗》(三卷本)。

莲花峰

是哪一位天仙从碧湖之中衔来这朵硕大的莲蓬,丢在这巍巍群山之上?于是,它竟奇迹般地在这里生根了,绽蕾了,结果了……哦,它抛出的风带,把美丽的金丝鸟缠来了;它摇曳的绿树条,把调皮的花蝴蝶吸来了;它甩响的飞瀑,把机灵的小松鼠引来了……哦,它的怀里一定藏着古老而风趣的童话,一定揣着一部奇异而诱人的诗集;我要听哩,我要读哩,我还是一个童心未泯的孩子哩!

循着莲花飘香的小径,我悄悄地走上来了……

光明顶观日

夜,蓝宝石一样深沉的夜。

我匍匐在一千八百四十米的光明顶上。

我屏息着，久久地屏息着，血像凝固了一般。

眼睛，只有眼睛似乎还是属于我的——我用瞳仁追逐那远空中几点微亮的星。

我等待着，等待着，如同第一次去赶赴约会，胸膛里兜满了好奇、激动、神秘和几分焦躁。

真恨不得给时间加上一鞭哟！——我听见我的心在呼唤那个伟大时刻的来临。

……呵，出来了，出来了，缥缈的云缎缓缓推出了一把巨型的圆号，它周身透着血红的光泽，闪着赤亮的金晕！

哦，晨是一位了不起的司号——他用满腔的豪情吹起了一支黎明进行曲，这曲调在百丈深壑间轻轻地萦绕……

（选自《中国旅游报》，1983 年 4 月 25 日）

马　力

马力（1954—　），北京人。出版小说集《炼狱和天堂》、散文集《鸿影雪痕》等作品。

可可西里

天风吹不散亘古的云烟。金黄的草野泼染历史的颜色。

从城里来的志愿者，怀着翠绿的希望，北望昆仑，南眺唐古拉，用目光爱抚每一丛三春柳，每一簇骆驼草，让河流天堂般碧透。盗猎者的枪管在真诚面前发抖。一切回复到史前的宁静。

白唇鹿收回惊恐的目光，藏羚羊不再悲鸣，雪豹、棕熊也变得安详。沙化的心灵飘来花的色彩。

索南达杰年轻的生命，铸成永固的碑碣，比昆仑山还高。

天空和草原陷入静谧。少女披着飞霞，在守望中复活。

（选自《诗刊》，2005年第2期）

交河故城

汉时的月光，消隐于胡杨的沙柳的瘦枝。瀚海古国，被世纪风卷走歌哭。劫火熄尽，板筑的遗墟朽为泥质的群雕。废垒的暗影里，几蓬骆驼草的断根，死蛇般偃卧。荒沙的孤塬，低徊车师臣民悲惋的叹息。

佛塔刻满风化的痕。礼忏的钟磬响在岁月的尽端。夕暮之辉为斑驳的残基镀一层怀旧的暖红。寺檐斜挑几缕柳絮般的夜云。铃铎无眠，枕上犹逢梦乡里唱偈的归僧。

漠野飘过断续的婴啼，母腹深处的哀音。荒冢边，祭泪之波洇湿沙砾的裸地，苍老成愁眉上的额纹。

干涸的古井，相守着辘轳的病骨。汲绳能打捞一汪千年的纯浆吗？浓透沙枣花香。

霜风凋零了岁月的花径，在羌笛和胡笳的声调里寻绎线装的族谱。视线飞出颓垣上幽寂的窟穴，深壕那边，绿杨临水，染亮远野的山影。静态的群峰，耸成化石。

掌中，闪熠一枚古老的陶片，为浪迹的心叠印彩绘的图腾。

天　池

波粼粼，眸光泻入绿色的流年。博格达峰静默的雪影，浸亮碧漪的梦痕。粉荷只香透水墨和丝竹的江南。西域霜空，云雀衔一朵牧场的金银花，啼唱天山秋色。

阳光以轻曼的步履在湖面踏歌，山风的柔指抚平水浪凌乱的纹印，浮漾透明的笑涡。杉林散成绿鬓，丝丝缕缕，依恋着乳浆般的湿雾。

雪神临波照影，挽流云而舞。

悍勇的哈萨克，勒住追风的骏马，在奶茶的甜香里弹响激越的冬不拉，阳光与飞瀑的和弦。把弥久的祈愿折叠成繁花似的云帆，随牧谣的音符远行。相思之潮轻载梦舟，漫过心的长岸，逝入盈盈月波。

一汪幽蓝中，飘展雪莲艳红的锦裳。

（以上选自《诗刊》，2001 年第 4 期）

冯　艺

冯艺（1955—　），壮族，广西天等人。出版专著《朱红色的沉思》《云山朗月》《逝水流痕》等。

达坂城起风了

太阳似被吹得凉冰冰的，没有了一丁点儿光彩，没有了丝儿温暖。枯叶、碎草在盲目地打旋，飘在空中像一群惊弓之鸟，急急地飞着、叫着，浓密的飞尘浪涛，像涨潮的海水，像狂奔的野马，肆无忌惮……

达坂城起风了，达坂城风好大。

没有了观赏你的妹妹、观赏你的嫁妆的兴致，没有了品尝西瓜大又甜的欲望，一切都在大风中颤抖、一切都卷在大风的呼啸中！

唯独达坂城的树，那在戈壁石头缝里伸展着枝翼的树，依旧有着翡翠色的生命，有着热情洋溢的感情，摇荡着释放出你的爱让它流动。

选择了这一块土地，埋下了根基，就有着承受风刮的准备。

树弯了。无数次风的袭击之后，歪向一边，这是形式。

咬住每一根新的枝条，咬住受折磨的思想实体，咬紧根基，决不倒下。

信念总会通往最后一片叶尖。

（选自《朱红色的沉思》，广西人民出版社，1990 年版）

鲁本胜

鲁本胜(1955—　),山东即墨人。出版诗集《不朽的琴弦》、散文诗集《从春天开始》等4部作品。

智藏寺

一千年的某个黄昏,佛号起了。

如若溪流,穿行于岁月之中。

宛似灯火,使酷寒的心灵生发暖意。

走近宗教,愈发觉得,曾被秋色洗过的钟声,渐渐凉了——

一山野菊!

没有枪声。没有舞会。唯三两游人,徐缓而行;唯有佛乐梵唱——

清雅出尘,钻心入肺袅娜而来……

端坐于莲座之上,佛啊,暖人心魄的文化啊,是否能够救赎,那些滚滚红尘中的——

狂欢,堕落甚或牺牲?

(选自《流淌的声音》,海天出版社,2015年第1版)

谒壮武古城遗址

东周栽种的一株老树,长满了千年老枝。
谁的舌尖上,有涩涩的感觉。

还有瓦当碎片,还有历代纷争,此时,或已悄悄萌芽。
或者,变成了风和传说,或者方志中,一行简洁的字。
今日壮武,西风中她忧郁,点缀几许深意。

一部史书,宛如一幅长轴;每一次呼吸,都是闪电雷击。
花间,
大沽河之水轻柔,美得那样神秘,充满了缕缕——
幻思!

(选自《从春天开始》,广西美术出版社,2011 年 9 月版)

大沽河入海口

由清浅到蔚蓝,

由宽阔到无边,
由中和到交融,
你的温婉、秀丽融入博大、粗犷的因子……

从此,浪尖上舞蹈,拥有一个更加豪阔的天地。

每一个细小的感动,永远幸福地跌宕起伏,已经青草遍布,麦浪翻滚。

大沽河,伟大的母亲河,
挣脱了羁绊,贫穷,不再席地而坐……

卸下行囊中所有的重,累和羁绊,一身轻松,
走向胶州湾,
前面,是浩渺的太平洋……

(选自《山东文学》,2016 年第 7 期)

肖　黛

肖黛（1955—　），女，山东荣成人。出版散文集《寂寞海》、中短篇小说集《美丽的女人》等作品。

月牙泉的沉思之夜

一

是哪一朝的泪，是哪一代的太阳泪？
天神把你抛弃，抛落在我忧愁的故乡。

二

沾着你临摹阔耳秀眉的菩萨吗？
沾着你描绘长廊深室的昏暗吗？

于是，风儿摇摇头，沙砾侧过了身，一个光彩无比的故事，竟使你难过地咽下了自己的泪。

三

夜将静，将静。

没有人肯睡去，更没有人肯醒来。

与其说你麻痹了一派荒漠，不如说你欺骗了一空苍穹，一个世纪。

我倒向翩翩敦煌，唯恐太阳姗姗迟到。

四

花儿怎敢在你身旁弄姿，树儿怎敢依你为根。

通往倏然消隐的霓裳婆娑声中，重响起探索者沉沉的足音。

通往涅槃苦海的苟延残喘和战栗，重飘起不死者默默的执着。

哦，长夜！

五

寻访你使我迷失，迷失在故国氤氲空筝。

倾心你令我心碎，醉遍了丝路箫管升平。

你无以予我吗？

为什么晕眩了淙淙山嵎？

为什么逶迤了苍茫沙巅？

六

让我的泪全部为你而洒啊，为净化你的历史！

让你的泪全部因我而流啊，为创造我的崭新！

让我们一道沉淀了长夜啊，

一道喷涌如星如月的红梦……如山如海的大笑……如晨如夕的生死……如歌如诗的岁月。

（选自《当代诗人》,1986 年第 11 期）

方 舟

方舟(1955—2016),本名方喜利,祖籍山东乳山,定居青岛。出版散文诗集《游在城角边的鱼》、诗集《最初的感觉》等5部作品。

龙门石窟

一道门的矗立,隔开两个世界。你能跃过这道龙门吗?

世事纷扰似滔滔的伊河水,千仞石壁,窟里佛祖的目光,是无形的门。太阳高悬,矗起正大光明的镜子。

科场殿试:鱼们欲跃,人们欲跃。

水上漂浮的尽是世俗之魂,成龙或成佛都在此一跃了。

该有锣鼓敲响,该有令旗摆动,该有一支朱红大笔,圈定状元、榜眼和探花。试卷里鱼目混珠的虾米、泥鳅也在跃跃欲试了。

我没看见一尾跃过的鱼。

我没看见一位成佛的人。

崖上的石窟,佛们一尊一尊在笑,冷冷的讥在厚厚的唇上。

佛们习惯了人间的游戏,熙熙攘攘像过江之鲫,在脚下来回地游。

我想佛们的寂寞,只有自己知道。你看他们的目光也在跃跃欲试,真想站起来奋身一跃,再回到人间,脱离这坐禅之苦。

门是一道高高的境界，横在人神之间。

（选自《青岛文学》，2006 年第 5 期）

琴　岛

镶着白色花边的海岸，一把竖琴，孤独地弹拨着自己，弹拨着海边一双双明亮的眸子。

海湾如林的桅樯，晾着静止的渔歌。玫瑰色的黄昏，在一对对恋人的唇边，轻轻拂动着夕阳。

疲倦的海鸥，它要飞向哪里？慵懒的浪，在滩头摇着呆滞的礁石，灯光流向了远处飘忽的渔火。

风在哪里潜伏？琴岛，快弹响十五的潮汐，咆哮吧，大海！我是出航的舰。

（选自《青岛日报》）

王剑冰

王剑冰（1956— ），河北唐山人。出版散文集《苍茫》、诗集《欢乐在孤独的那边》、长篇小说《卡格博雪峰》等10余部作品。

大河壶口

一

天地相接之处，两山峡谷之间，无边无涯一派炫黄，顷刻间成千万匹野马奔涌而来。

必然是不知道前面有一个巨大的跌落在等待着，坚硬的岩石构筑的峡口，没有办法不面对，没有办法可回避。于是千万匹野马汇成了千万声震雷，千万声震雷炸裂起千万重烟霾。

这是真正的黄河大合唱，一滴滴水的音符构成了这多音部的浑然交响。这是力量的交响，是团结的交响，是奋然永进的交响。在这交响中你会听到马蹄声、号角声、战鼓声、箭镞声、枪炮声、怒吼声。

黄水就这样不停地奔涌，不停地跌落，不停地鸣响，由此构成了一个惊天动地的胜景。

二

我刚刚去过黄河的源头，那个叫玛多的地方，从那里汇出的水流是极细小极清凌的，悠然地像个处子。

而我住的地方，属黄河中下游，宽广散漫，极易决口。

我却在这里见到了大河极狭的景象，那是同他处都不一样的地方。怎么能够收得那么窄小，那么完全，那是一种什么力量？

大河壶口，大河应该有壶口这等奇妙的变奏，壶口也应有大河这样雄浑的衬托。

世上的事情就是这样，大奇方构成大美。

三

我到来的时候黄河在流着，一股股的奔涌，一层层的跌落。转回身我再看，它还是在流着，还是一股股的奔涌，一层层的跌落。

不管我来不来，我在不在，它都在流着。

不知哪来的这样多的水，这么大的力量，推涌着，翻腾着，在壶口震荡起一波又一波的狮吼虎啸。

秋雨季节，河的上游冲过来的什么都有，残破的船，高大的树，大块的山石和死去的兽类，一到壶口，便会瞬间粉身碎骨。

黄河不舍昼夜，千古奔流。壶口昼夜不息，烁石熔金。

四

黄河是一幅画，壶口便是这画中的点睛之笔；黄河是一幅书法，壶口便是这书法中的洒脱之墨。

也许是一种特有的安排，非得让黄河走过陕北这一段，在这里遇到一种挫折，一种艰难，一种意想不到的跌落。在这里激起一种震荡，一种豪放，而后练就一身硬骨，一种性格。

等在前面的是辽阔的中原，还有更加辽阔的大海。

五

高兴的时候来，会在这里找到快乐的共鸣，会看到浪花笑出一层层的灿烂，那是心底的浪花。

怀着怎样的悲伤而来，也可以找到苦痛的共鸣，对着浪涛发出自己的呼喊，流出的热泪，所有的浪花都会接纳。

没有人知道你的秘密，你站在某一个边缘上，大喊大笑，大哭大叫，都任由你去，所有的声音都淹没在那滔天巨吼之中。

我曾有着多年的忧伤，这种忧伤是母亲远离时带给我心底的划伤。为此多少年都不敢下笔去陈述我的心曲。

如今站在这波涛之上，我一下子就想起了母亲，那如大河一般宽广深厚的母亲。我把我所有的怀念、所有的回忆、所有的对母亲的爱都投注于这浪涛跌落之中，我觉得这一刻，母亲必然听到了，必然理解了她的孩子这多年的心结。

六

水浪相交而生的雾霾，在阳光的照射下，散出道道彩虹。近处，到处是浪与浪相撞而翻起的细雨一般的水气，刮到人的脸上、身上，湿漉漉地让人觉出这瀑布的质感。不断有一层一层的人涌上前去，他们都想越发近地亲近壶口。

一个女孩，把脚伸到了壶口悬崖的边沿。那边沿有些松软的泥巴，她弯下腰去又用手试了试，然后就大胆地站到了最边上。那一刻，她许感到了极大的满足。风扬起她的长发，水波撩起她的衣衫，从东边来的阳光正好透视了她的曲线。这是一个青春烂漫的女孩，她的柔弱，她的娇憨，她的青春同这瀑布的狂放，瀑布的雄壮，瀑布的古老形成了一种衬比。我把这一瞬摄入了永久的镜头。

一对相搀相扶的老者，蹒跚的脚步探试着起伏不平的山岩。来到这壶口边上，他们挎着胳膊，并着肩膀，让狂涛怒吼于胸，让斜风吹乱苍发。我不知道他们从何而来，路上经过怎样的行程。他们站在那里的神态，是那么的庄严，又那么的豪迈。

他们久久地站立着。他们经历了漫长的童年、青年、中年和老年。经历中必定有着无数的艰难困苦、雨雪风霜，必定体味了无尽的酸甜苦辣。人到暮年，对着这壶口瀑布一定是想明白了，想透彻了。

我向下游走去时，他们依然站在那里，像一尊雕塑。

七

宜川的胸鼓和壶口的斗鼓在壶口边的岩石上击打起来。他们头缠着白羊肚毛巾,挥舞着红绸系着的鼓槌,狂跳着、旋转着、起伏着,同黄河的水浪叠映在一起,显现出陕北的豪迈气概。

那黑黑的脸膛,那粗壮的肌肉,那憨厚的笑容,那沙哑的呼喊,和着锣鼓声、波涛声跌入一个又一个旋涡,掀起一个又一个高潮。

看黄河就要来看壶口,看壶口的波涛,看壶口的旋风,看壶口的汉子,看壶口的锣鼓。在这里便可看到一种精神,黄河的,陕北的,民族的精神。

八

真的想,永远站在这里,每时每刻,与这涛声相伴。

(选自《黄河文学》,2008 年第 11 期)

沉　沙

沉沙(1957—　),原名姚汝津,河南汝南人,现居北京宋庄。出版散文诗集《鸟是鸟的梦》《宋庄,我的油画布》等作品。

壬辰九月二十六,铁佛寺

在宋庄,在我的油画布上,将会有一尊佛为我说法。
我不能请佛来宋庄,
我也不能请铁佛寺的铁佛到宋庄来。

铁佛寺很小,但她在宇宙中自有她的位置。
铁佛寺很大,她耸立在太湖之滨,每天的暮鼓晨钟传布很远。

铁佛寺很近,每个人都有他自已的铁佛寺。
铁佛寺很远,她与释迦牟尼修行的菩提树下相距万里。

释迦牟尼佛对迦叶拈花微笑的时候,帕米尔以东还没有一座铁佛寺,但他已经看见在更远的东方华夏之国南朝有一座纪念他的寺院正在兴建。

那时,他拈花微笑或轻轻叹息,迦叶和阿难,他们猜想不到。

铁佛寺距今一千六百年，佛来过，留下了铁佛。现在，佛是否还留驻在那里？我想一探究竟。

受箫风邀请，不如说是受诗歌的邀请，我从宋庄走到铁佛寺，向佛三顶礼。

佛在我面前倏忽一闪，当我抬起头，看见铁佛寺上空瓦蓝的天、碧绿的树叶、高大宏伟的建筑和庄严肃穆的铁佛。然后看见僧一行从无限的时空中款款走来。

他向我微笑，双手合十，他的微笑很像佛的微笑，他双手合十又像迦叶。

在佛说法两千五百多年后，佛依靠铁佛仍在传法。

但我不把铁佛看作铁佛，那就是他的肉身。

谢谢佛！我回到宋庄，画我心中的佛，在画布上。

（选自《湖州晚报·南太湖诗刊》，2013 年 6 月 8 日总第 13 期）

白炳安

白炳安(1957—　),广东肇庆人。出版散文诗集《紫色的稔情》,诗集《走过的日子》等作品。

多宝佛塔,瘦剩干净的塔身

襄阳之西,广德寺的香烟缭绕着禅声。

多宝佛塔披着一袭袈裟,打坐在几棵树的沉默中。

时光漫过来,佛在,肉身不在。

莲花宝顶之上溢满莲花的香气,佛光亮在高空,将一颗远道而来的心渡过初夏的昏热。

寻遍宝塔,找不到一声诵经,发现一朵白云居住在时空,

无欲无求。停靠着一艘蓝色的宁静。

春暖一过,夏热了,热出汗,瘦剩干净的塔身。

但烈日已灼心,烧灼得片片树叶萎垂下去。

一切树木失重于红尘滚滚的大地,根伸隐在沉积腐息气味的泥土里。

热风热不起一股信仰,已经热出树木干渴的忧虑。

多宝佛塔供奉着48尊佛。

心中有佛,慈善天下,一尊足矣。

瓮安，一个名词活在贵州

瓮安，活成一个名词，写入贵州省的版图，被我看作一个强悍的男人。年轻时，参加红军，在江界河强渡天险，赢得英勇奋战的口碑。

穿越历史烽烟，瓮安从死神那里索回一条活路，如今顺着战斗遗址行走，回忆或再次聆听“抢渡乌江”的水急浪声。

把一个名字看成生命的鲜血，一种不易改变的颜色，印染在善于搏风抗雨的旗帜上。当瓮安老成满脸皱纹，守着风霜过后的日子，平平淡淡安定下来，看小鸟低飞地啁啾，不变的是从前的声音，而心保留着一片青草的嫩绿。

看一代新人不用“南河天梯”，徒手爬岩，穿洞河瀑布，漂流峡谷，在一个浪头托举的另一个浪头上笑逐颜开。

瓮安，极不容易地撕掉夜幕的遮蔽，正在露出银白的晨光。经过秋风一遍遍洗礼，一身干净，有着露珠一样的凉快，面对冬天不断加深上百吨的寒意，瓮安，依然有着一颗夏天的心，对生活火热得一点也不冷漠，比刚从立春蒸出的一笼阳光还温暖。

（选自《精彩》，2012 年第 4 期）

皇 泯

皇泯(1958—)，本名冯明德，湖南益阳人。出版散文诗集《七只笛孔洞穿的一支歌》《四重奏》、诗集《双臂交叉》及专题片等作品。

赛里木湖，一滴巨大的泪

亿万年前，被大海遗弃，一场撕心裂肺的失恋，掉下一滴巨大的泪，至今还是苦涩的咸。

石烂了，海不想枯。
有风，就将思念折叠成波浪。
无风，就将默想涌动成潜流。

这种爱的表白，是一汪四季轮回、经久不衰的苦恋。
哪怕雨水倾盆，淋湿的只是一粒沙漠。
哪怕雪花纷飞，冻僵的只是一线目光。

交河故城

三十年前，我游交河的时候，带着两千年的尘土。

库尔班大叔的热瓦甫，从历史的残垣断壁里隐约弹唱，弓箭崩断的弦，绝响；

阿依古丽的小辫子，交织一种岁月的月光与阳光，在马车颠簸的铃铛里，锈绿了铜质的光芒。

阿里巴巴，芝麻开门，芝麻再也不开门。

那个土戏台，只唱皮影子戏了。历史，都是皮毛和影子的演绎。

那盏庙台上的香火，无法再续前缘，只在刀光剑影里，袅着一缕狼烟。

三十年后，我再游交河的时候，干枯了两千年的阳光，即使躲在阴影下吸一根香烟，也会将一息尚存的生命点燃。

洞庭湖

小时，你的身体是蓝的，你的呼吸是蓝的。

八百里的蓝，盛下比八百里还大的天空。

我一拥入你的怀里，天空就飞翔了！

后来，你的蓝褪了。

再后来，你不再蓝了。

沙滩，赤裸裸的一丝不挂。

坑坑洼洼脚丫子，凌乱在孤鸟的哀叫里。
搁浅的鱼，只剩下瘦骨嶙峋的刺。天空，被划伤。

洞庭湖呀！
还未来不及为别人而乐，就开始为自己而忧。

（选自《山东文学》，2017 年第 5 期）

耿　翔

耿翔（1958—　），陕西永寿人。出版散文诗集《岩画：猎人与鹰》、诗集《西安的背影》等。

纸上长安

纸上长安，被月光照着，被酒杯举过大雁的头顶。谁带血的笔墨，临摹完千年的风雨，还一片苍茫？

我站在一个叫龙首的村头，想用一枚古针，沿着地理的断裂带，缝合周围的山水。

大地的沉重处，需要沉重的秦腔，把人群的底气吼出。沿着黄土大道，点击季节的伤口，我看见酿酒的高粱，围城燃烧着。我练习过的所有汉字，韵脚一样，压在青灰色的城堞上。

这些年在长安

这些年在长安，只要我抬起头，就有一个人的影子，或一个人，执意诵诗的声音。

这些年在长安，我像一位，用身子守护亲人的人，碑石一样的背上，落着长安的阳光，也落着长安的月光。

而嵌满箭伤的城墙，带着比箭伤还深的隐痛，排列在飞鸟，省略过的天空，像另一部唐诗。

只要我打开，就有从源头，滋润长安和我的一脉圣水。

让我把一身的隐痛，从心的原点上放下，让我对陪伴我的人，把仰望长安的目光，成倍地聚集到她的脸上。

（选自《散文》，2006 年第 11 期）

刘俊科

刘俊科(1958—)，天津静海人。出版《心灵天空》《时·光》《飘带岁月》等作品。

珠江边

暗流隐去谎言。江面静而不止。

岸边，历史的骨头给现代化撑起了虚荣，偶尔的痛感，给今天的江水投下一粒石子，涟漪渐渐消失殆尽。

我没有勇气发出一声叹息，也没有勇气放下一缕眼神。

一个趔趄，让天空倾斜。

湿漉漉的江边，曾经滑倒了多少才子佳人的爱情？还有那位清唱的女子，孑然独立，可歌声已经寻不到一个可以空拍的亭子。关关雎鸠，一缕细细的相思，逆流而来……

记忆、风尘、岸边的回声。满江清澈见底的忧伤，让一腔悲悯惊涛拍岸。

江边跑步的女子，衣袂裹挟着江南的曲线，像一枚信号弹，点亮了珠江的清晨。

江风温润，把我虚弱的端着彻底粉碎，伏倒在珠江的石榴裙下。

鸥鸟的叫声杂乱无章，飞翔却是悠然有致。

水，溅落在我的脸上，轻轻地抹掉，双手一伸，成为翅膀……

在岭南

岭南本是诗意的坡地，却滑落着平平仄仄的枪声。

珠江的水势经久不衰，起伏跌宕着血淋淋的历史故事。

一所军校，成为历史的岸，迎来送往。

迫近的民国，在公元纪年里用加法实现了追逐。

江边的码头，摆渡过多少慷慨赴死的将士，又接回来多少从容就义的灵魂。

我无力想象，这所老房子里的军人，最初的梦想。但是，作为迟一步走进历史的军人，我可以在心里复原他们的慷慨悲歌。

在岭南，我无意间掀开了历史的一角。夜已深，我在珠江边聆听，回响，佩剑一样，紧紧依附在历史的腰间。

酣睡的江水，漂浮着喘息，星子潜入水中，闪烁，似在诉说。

在岭南，我的珠江之梦，连着生命的信仰和生活的意义。

（选自《青岛文学》，2016 年第 12 期）

李松璋

李松璋(1959—),黑龙江哈尔滨人,现居深圳。出版散文诗集《愤怒的蝴蝶》《羽毛飞过青铜》等多部,部分作品被译成俄文、日文、塞尔维亚文、英文。

白塔照亮夕阳

在甘南,不经意间,总会与造型相似的白塔相遇。

当周草原,合作市郊,扎尕那,迭部,所有的草场和山坡……

告别甘南的时刻已近。最后一程,又与一座白塔迎面相遇。

五彩经幡在风中招展,昵语声声。在印有经文、咒语、佛像和鸟兽图案的经幡中间,一定有一幅写着我急切的愿望:找到自己,我不能只带着躯壳回家。

夕阳被白塔照亮。一瞬间,白塔周围,有无数命运被诸佛释放。囚禁它们的,也是命运。命运囚禁命运,自己囚禁自己。永生的、自由不羁的,是天空、祥云、火焰、大地和江河,是化育万物的金木水火土。

有牧歌自白塔附近的草场上传来,如黄昏时分凌空飘来一幅洁白的哈达。仪式感随隆隆夜幕升起。

请为我举行一次隆重而欢乐的"托随"吧,左手捧上鹏龙狮虎,右手捧上骏马驮宝,唤醒不想归位的肉身或灵魂,为一次异己和血液的久别重聚，招魂！

我不能阻止黑夜。请你将黑夜照亮吧，并尽量延缓挽歌的唱者出世！当你无法唤醒那些假装沉睡的人、假装无罪的人，就请你至少唤醒那个自以为身着华服、其实是浑身赤裸的人！

每一个角落，不让丑恶遁形，天上缀满思想的星星。

（选自《格桑花》，2015 年第 4 期）

桃花巷

去桃花巷的人，已顾不上欣赏树上的桃花。

今天，他要带一个名叫桃花的女子离开！

黑暗时分，但晨光已现。那个叫作黎明的人，已经站在了一座城池的某个幽暗角落。有人睡着，有人醒着，也有人，正义无返顾地走在沉沦的路上。

满院的桃花，粉色。脸上的风韵。它们最最经不住岁月神偷的小小把戏，一觉醒来，镜子里已满是风雨过后的残败。

几滴晨露悄然落下。或是时光的泪；几片桃花悄然落下。或是人间的悲。

手指苍白。那个名叫桃花的女子，轻轻撩开窗纱。

（选自《在时间深处相遇》，北方文艺出版社，2016 年版）

包玉平

包玉平(1958—)，蒙古族，笔名达尔罕夫，内蒙古人。作品散见《诗刊》《民族文学》等报刊。

额尔古纳湿地，马蹄岛

此刻，从黑山头上，俯瞰：视线里，隐约，漂浮的传说也深陷泥泞。

而成吉思汗远去的背影，却不是传说。

那一棵被缰绳勒紧，纹路里鸟雀筑巢的拴马桩，依旧，孤立于不远处的呼伦湖——西岸。

桦树林，一枚叶子上不安的九月。

隔着秋水和泥沼。

隔着大兴安岭林间漂浮的时空，尚能听得见1800年前，鲜卑人，群体出走幽暗山洞的脚步声。

——“南迁大泽”。

在古老蒙古草原，建造鲜卑帝国。

而今，在黑山头蓝色苍茫云雾中，

水，依旧偷偷聚集。

暗中交错。

雨季里的一场雨，已成虚拟，那么多尖利的雨滴，不知铆在了哪个缝隙里？

土地，欲将苍茫时光固定下来，
——而不能。
脚下冰冷。
泡沫吸水。
岁月，只是茫茫大兴安岭，黑山头崖壁上，
自缓冲的西坡，滑落的一滴水而已。
马嘶依旧。马蹄，已静止千年……
却远去。依依不舍的，或许是隔壁——鲜卑人马蹄形闪耀的青灰色乡愁。

（选自《星星·散文诗》，2015 年第 11 期）

阿斯哈图冰石林

阿斯哈图，冰的日子已随风飘去。
一块石头，是柔软的。
一块片石，更是。
翻动一部书，就是翻看一座山。
——我们曾经挥霍过的阳光，星月，再也不要去寻找。

在阿斯哈图，有人把西域丝绸之路上贩运过的那些丝绸，柔软地折叠成石林，让人迷惑不解，惊诧不已！

一万年，只是一小条缓慢的褶皱。

如果翻动一下，或许有千军万马，轰然奔涌而出，杀气冲天。

而现在，只有一朵又一朵野花，血红盛放。

头顶上，蓝天，还在拼命地蓝着。一只草原鹰，铆在石林的顶端，已千万年，一动不动。

山涧，河水悠悠。白云和羊群，在静默的蓝色蒙古高原，一起放牧。

丛林中，鸟鸣飞溅，蛙鸣鼓荡。

冰川，何时已消融？

指尖冰冷。旅人们，一再抚摸山石间的青苔，褶皱，褶皱里的幽暗和冷漠，试图能够触摸到古人的脉搏，脉搏中传导的讯息，讯息中的辛酸和伤痛。

他们紧挨着石林，留下的光影，渗进岁月的骨血，急匆匆，滑下山去——

回头，回头是那么的不易。

阿斯哈图冰石林，随着人们的脚步，依旧提升，矗立。

上山的和下山的人，一次又一次，消逝在苍茫烟雨中。

（选自《星星·散文诗》，2016 年第 7 期）

王猛仁

王猛仁(1959—),河南扶沟人,现居周口。出版文集《养拙堂文存》(九卷)等。

巴里坤湖

你是一幅水墨,站在午后的风里,把一片蓝天,嵌入心中,摇响夕阳下的艳影。

从天山北麓的怀抱里一点一点融化,一滴一滴飘落在群山环绕的水草间,最终成为一泓秋水,一座神湖。

幽远,灵动,静谧,绝美。

瀚海荒漠的孤寂,跋涉过。

雨打峭壁的激越,倾听过。

万里无云的草原,浪游过。

我,能否在波光中摇摆,在睡熟的花蕊里伫立?

天山深处点燃生命壮丽的诗行,巴里坤草原酿造了甘甜的乳液,滋润得花枝招展,蜂蝶飞舞,牛羊欢腾。

端坐湖的中央,来往的风,微微地吹着我的心绪,一层一层的云朵漫过来,水鸟撩拨着白蝶,不知不觉中,草绿了,花艳了,还有淡淡的余香,窃窃地拽着游人奔跑。

闭上眼睛,能听到湖的声音。

没有羁绊的马，没有失蹄的羊，这是一个天空爽朗而灿烂的午后，是谁，偷走了马与羊的隐秘？

太阳每天都是新的。

从你的脊背上升起，又从你的脊背上落下。

那一刻，在西域大地上，我看见四周满眼的烟云在翻滚，五颜六色的花草在歌唱。

这些伸手可触的天然胜景，想必都是属于诗人心灵的星星与花朵。

我一直站在毡房前傻看。

眼睛穿过成叠成叠的雪山，虔诚地聆听灵魂与大自然的对话。

巴——里——坤——湖，

绽——放——如——火。

回王陵的记忆

在空无一人的戈壁滩上，捡起一把骆驼草，仰看浮云，恨不得把蓝天撕碎，让风神缔造又一座“城堡”。

这里有许多暗暗惊奇的东西，地球上所有的色彩都会在这里得一概览。

弯下腰，让满是黄褐色的身影，照亮断壁中如梦的飞天。

自然界的巧夺天工，雕琢出一座座“宫殿”，在这辽远的色泽中，交织神秘，辉映壮丽。

在去坎儿井的途中，我发现了野生的黑枸杞和沉积的盐碱地，一片连着一片，像午后燃烧的云，沉寂无声，没有悲吟和哀叹。

今来的旅人，在一片孤独中，领略仍未褪色的篝火。

为数不多的老榆树，舞动着身姿，渲染箫声中隐去的狼烟。

茫茫大漠，贪婪地睡着，没有哪只飞鸟，或是，满是锈斑的身影，可以叫出它们的名字。

无边无际的荒漠已经生存下来。

我从疲惫的鼾声中，听到了刺透时光的风声。

耳边，再次响起回王陵的晚钟……

（选自《平原书》，成都时代出版社，2017 年 1 月版）

黄曙辉

黄曙辉(1960—),祖籍新邵,现居益阳。出版诗集《荒原深处》《大地空茫》《水边书》等。

月明山寺

走过了太多的夜路,漆黑的眼睛里沉淀的黑色素已经太多。转山,我绕过无数的障碍,在月明山寺的檐角,看到了高高悬挂其上的一轮月亮。

流泻的月光,泉水一样清洗着我的眼睛与魂魄。黑到极致的眼睛,此刻澄明如水。一盏心灯,高挂天空,瞬间照亮我的世界。

转山,我拾级而上,置身于一朵莲花,在盘旋的念想里,高高上升。

一株六百年的罗汉松,罗汉一样微笑着迎接我的涅槃。

一株雷劈之后残存的红枫,烧火叉一样叉举着那一轮月亮,成为映照我心灵的明镜。

两株巍峨挺拔高大无比的香樟,将朱元璋的霸气,巨伞一样撑开于苍穹之下。

但是,月亮的光辉没有什么东西能够遮住,它穿透所有的阴影和黑暗,佛光一样,照耀众生。

隽永的联语，黑底金字，悬挂在每一道大门的两侧。

劝世的诗文，精雕细刻，凝固在每一块青石的心头。

门脸增辉，顽石有灵。我将月光与佛光一齐攥进骨头深处，为自己的灵魂加磷添钙。

在深夜抵达月明寺，我不敢惊醒歇息枝头的乌鹊，更不敢摘下一瓣莲花。

我跪伏在菩萨的脚下，将自己的头，埋进泥土。

从不奢求成佛，只愿成为月明山的一棵树，沐浴着水一样的月光，佛前佛后，枝繁叶茂。

桃花仑

桃花流水。一幅画，一句诗，就这样浮想联翩于车水马龙的市井深处。

流光五色，四季花开，资水滔滔，历史幽悠——

一万八千枚时光深处的简牍，将战国以降两千多年的历史，清晰地搁置于铁铺岭清凉的井水之中。

营盘岭，石器时代的石器，也许在东吴大将甘宁的营地再次使用；而锋刃的闪光，数百年之后还在磨砺关云长单刀赴会的青云偃月刀。

能言善辩的陆贾，想来应该是桃花水月的灵感给予了他智慧，不然，刘邦哥哥怎能使之两次出使南越？又怎能说服倨傲称王的赵佗，对汉称臣？

葛洪于此炼丹，布道，试图悬壶济世；洪秀全在此一路滔滔，大破清军。

毛泽东，在清澈急湍的资江水里畅游，一江的桃花水里，很快就结满了果实，一个颓败的旧世界，眨眼之间就祥云漫天。

何凤山，这个在纳粹的刀光剑影里救命的国际义人，岂止是犹太人的恩人？我相信，在他入信义中学之前，桃花的颜色，早就注入了他的魂魄，大美的人性，在希特勒的屠刀搁置于他脖颈的时候也能熠熠生辉。

历史在流水里清洗，精神在清洗里明净。一桥飞架南北，一头扎在流水之中，一头落在桃花蕊里。多少英雄豪杰，都在时光的流水之中伫立，雄姿英发。

只剩下我，在流水之中，将他们的身影一一打捞，试图编辑一册滚动的连环画，让历史之光不停地闪耀，让英雄好汉惺惺相惜，层出不穷，而我，也能在他们的身后，采摘一瓣瓣桃花，献祭于他们的名字之间，成为一个甘步后尘的晚来者。

一首诗，一卷画。桃花流水，于车水马龙的市井深处，慢慢展开。

我站在远处，像一个诗画收藏家，看一幅长卷上的形形色色，品一首好诗里的仄仄平平。

桃花仑，我是徜徉在历史画卷里的那一个怡然自得的小诗人。

（选自《山东文学》，2017 年第 6 期）

亚　楠

亚楠（1961—　），本名王亚楠，祖籍浙江杭州，现居新疆伊犁。出版散文诗集《远行》《落花无眠》等12部作品。

张家界

雄奇风骨里，流动着温婉的柔情。

峰峦绵延，每挪一步，都是一道绝妙的风景。

幽深的山林，涛声款款而来。仿佛空谷足音，每一段旋律，都是一个无法破解的谜。

天门山隐藏着太多的梦，那些奇思冥想，飘浮在山水之上，朦胧情思里，又有过多少苦涩的幽怨？

也许，我们奢望的太多。要不然，怎么会有那么多的痛？那么多恩恩怨怨，又怎样才能够风消云散？

看一看张家界的风景吧，忘记烦恼，风轻云淡间，就会找到丢失的自己。

在这片空灵深幽的峡谷，我们都在等待同一个奇迹。

（选自《人民日报》，2009年7月8日）

天　池

仿佛一面宝镜，在天山的眉宇间用晶莹晾晒自己。

雪在触手可及的高处眺望，芸芸众生皆为时间奔忙。这时候，虚无像一杯酒在暮霭的山谷，让乡愁病入膏肓。

所有的风都是一种记忆，或浓或淡的云缓慢上升，顷刻间，又在天光微现的黎明，把安详推向峰顶。

神话和传说养育我们，那些松林，以及雨后春笋般疯长的羊群。

高处的这些水呀，用自己的存在给大山着色。阳光更加澄澈，万物在丰腴的牧场走向光明。

（选自《草原》，2013 年第 4 期）

九寨之恋

那一年，我在九寨沟让自己安静下来。

啊，红尘滚滚，喧嚣的世界已经膨胀！我知道，只有在青山绿水间，灵魂才能获得安宁。那一刻，驻足彩林翠海，我被清幽的风抚慰，内心一片温热。

在大山的视野中，我只是匆匆过客。就像一个游子，故乡只在很远的远方。

顺山谷而上，听流水絮语，蛙鸣隐约传来，山花用另一种语言与我攀谈。阳光透过山林折射着，仿佛时光的碎片，无声的恋歌自心中涌起……

这样的时刻，我会静静地审视自己。哦，还有多少时光可以留恋？

（选自《人民日报》，2014 年 4 月 28 日）

灵　焚

灵焚(1962—　),原名林美茂,福建福清人,现居北京。出版散文诗集《情人》《灵焚的散文诗》等。

那拉提草原上的眺望

六月的那拉提草原,雪花早已缩回搭在牧草肩上的手臂,牧草门挺直腰杆,选好了可以远眺的海拔高高站起,目送着马兰花正在赶往开花的路上。

路的尽头是天堂的门前,是天山给这里升起的太阳腾挪出来的地方。

我策马扬鞭,揪住风的衣领而来,并不是为了清点遍地羊群的数目,或者需要赶在阳光到达之前来到海罂粟跟前,与她一起把自己尽情打开,让所有的蜜蜂都能完成一天的采集,让过往的风都能带上一座草原火热的倾诉。

我来到那拉提草原,只是为了套住一匹六月的云朵登临天山,完成一次极目西北方向的眺望。或者让云朵带着我的目光,收复那片铁木尔汗曾经策马扬鞭的辽阔疆土。

赛里木湖，大西洋的最后一滴眼泪

亚楠说：赛里木湖是大西洋的最后一滴眼泪。

“最后”是尽头，这里的意旨是路的尽头？“泪”与感情有关，是思乡？是相思？

一朵云，从大西洋出发到达遥远的天山流连不归，既然他乡忘蜀，她怎会落泪？路的尽头在天上，而这里距离天空还有不近的路程呀！何来最后？

因为不解，老风和风夫人，两匹风载着整座伊犁河谷扬蹄重上赛里木湖。爱斐儿早早备好拴住落日的披肩，想让那已经蓝了整整一天的湖水在这一夜陪伴她，不要入眠。宓月妹子只会对着湖水发呆，俨然一只趴在草地上的细毛羊，想着还是那种人在他乡的心事？而楚天舒只想着骑马，他只关心有朝一日能够收复伊犁河流域的所有版图，骑马！骑马！骑马！一个黄昏竟然骑着三匹天马从此不敢回首春天。

不能同行，我只是带着不解与天山告别，翻阅着伊宁与北京的路途，揣摩亚楠的谜底。

最后一滴泪？最后一滴泪？既然是最后，也就意味着从此不会再流了。那么，阎安想说的应该是：伊犁河谷，天山山脉，这是东方的天国乐园，大西洋的一朵云一路流泪漂泊而来，到了这里就不再流泪了，所以说是“最后一滴”？

回到北京的书斋，我在触摸天空的清晨时，恍然小悟。请原谅，亚楠兄，请让我修改你眼神里的那一朵草原红花的滚烫柔情。

我想说："赛里木湖，大西洋的一面镜子。"

我们随便翻阅大西洋的任何一页波涛，都是掠夺与杀戮、泪水与血迹。而赛里木湖畔的数十个民族，却能携手围拢一座篝火，载歌、载舞。

不，不需要修改，亚楠说的就是这个意思！我终于恍然大悟：一朵大西洋的云载着多少人的泪水出走，而到了东方乐土却不再是泪水了，所以是"最后一滴！"

此时，我顿感自己想象力的平庸与匮乏，而亚楠兄醇厚的诗艺、浓烈的抒情，一整个上午，在我寂寥的书斋继续着，今后还会继续，不一样的余音袅袅。

（选自《女神》，中国青年出版社，2011年9月第1版）

郝子奇

郝子奇(1962—)，河南鹤壁人。出版散文诗集《悲情城市》、诗集《星空下的男人》等。

暮色天磨湖

应是太晚，这是暮色中最后的小雨。

轻轻濡湿，摇曳着浓翠的新竹，一叶无人的扁舟，已经滴落着夜色的棒棒草的细叶。

没有喧哗的骚动，没有水的潮涌，甚至没有鱼的奔跑，只有一条依湖的小道延伸着。

让一片诗意的心散落，蓬勃美的郁葱。

岸边的栏杆，望尽了湖水的岁月。

岁月的风花雪月，被长着胡子的小鱼啄来啄去，水花般散开，消逝着。

不是太浅，这暮色中飞来的雨雾，如烟，锁尽初秋轻轻走来的夜色。

夜色无惊，那些依山流淌的苍翠，水一样，打湿了诗人的浪漫。

浪漫的，是湖色，是湖色里起伏的山峦，是山峦波动的叠影。

而湖，不语。
湖之上，雨雾不语。
雨雾之上，沉默了千年的天磨不语。

一群人，走进画一般的湖色。
湖色苍茫。
不知道，湖色沉淀了诗的翅膀，
或者，诗的行走弥漫了湖的风景……

老子故里

真正的思想，在土地上生长着。
道法自然。就像小草生长着真理，
庄稼成熟着规律。

骑在青牛背上的老人，
一定走过了小草，
走过了庄稼。
现在，他走远了。只把思想留在了泥上，任其蓬勃到他没有走到的地方。

泥土凸起的讲台。

我远道而来，只看到秋风扇动的阳光，灿烂在千年之后的草叶上。

小草正在枯萎。

庄稼已被收割，裸露的泥土，辽阔着，等待着最微小的种子。

站在千年的尘土上。我确信，那个清瘦的老人已经走远。

他骑着青牛，任慢慢的蹄声响着，把奔跑的车轮和辉煌的庙堂都踩进了泥土。

泥土，可以埋没所有倒下来的死亡。

只有不死的思想和灵魂还在泥土上奔跑，让漫长的历史在身后渐渐变老。

* 老子故里位于河南周口鹿邑县境内。

（选自《河南诗人》，2010—2011 年）

潇　琴

潇琴(1962—　),女,本名李孝琴,祖籍山东即墨,现居福建泉州。出版长篇小说《袈裟情缘》、散文集《女人情怀总是诗》、散文诗集《忧郁的美丽》等10余部作品。

悬空寺

试想,将心悬在峭壁上的感觉。

此刻,背景太厚重,我不想追问冒险的千年历史。

像信仰,嵌进悬崖,紧靠恒山翠屏峰,看似摇摇欲坠,一尊尊佛,却微笑着,安泰如山。

说是放下即悟,大自在就这么简单吗?

登临,小心翼翼,木板震动着空响。飞鸟惊叫而过,留下一根慌乱的羽毛。

放眼吕梁与太行,悬空的未必是心境。

李白挥洒的“壮观”是否淋满汾酒的豪放?

来了,走了,恋恋红尘,我们毕竟只是过客……

云冈石窟

左手是佛的半壁江山,右手是红尘世界。

风，如温柔的牙齿，留给后人的咀嚼的事物太多。咀嚼有时是无形的，有时是有形的。时间是它的证人。

巧夺天工的灵智与慧心在消磨中模糊。

于是，许多完美的物象，在不知不觉中渐渐残缺了，甚至消磨殆尽。纵然，残缺是一种大美，心总是痛的。

人是万物之灵长，能创造自己，也能创造心中的佛。人格与精神的自我树立自我关照，有时比活着更重要。石窟里的法相残缺了，安详依然。也许，它们就是用自己的身躯，去弥补无数朝拜者的肉身与灵魂。

菩提树下好乘凉。有最终的庇护就不会绝望。

慈悲，是天堂，也是一块抵挡世态炎凉的补丁。

（选自《散文诗世界》，2011 年第 12 期）

谭延桐

谭延桐(1962—),生于山东淄博,现居南宁。出版《谭延桐中短篇小说精选》及诗集、散文集10余部。

腾格里大沙漠

从宁夏的沙坡头走上去,便是一望无际的腾格里大沙漠了。

那里没有人,只有沙。即使有人,也显得十分渺小,渺小得就如同大沙漠里屈指可数的防护草。

那是一望无际的大深渊。所有想去征服它的身影,都被这大深渊吞没了,包括身影里裹着的大渴望,大渴望里裹着的不死的大灵魂。每一粒沙子,都称得上一张贪婪的巨口。这张巨口喋喋不休地说——仅吃绿色哪里够呢,何况早已没有一点儿绿色了呢!

驼队的影子再长,也是丈量不过大沙漠的。大沙漠的腹部,除了阴谋还是阴谋。阴谋假装睡着了,可它比任何一种声音都清醒。天真的驼铃声,从来都不是它的对手。它的对手,除了天没有别的,真的没有别的。其实,就是天也拿它没办法。因此,它就自诩为是这土地上的天了。

天呵!

常常地,有一些在梦想里浸泡了好久的影子,像星星一样闪耀在这片天上,或像云一样漂浮在这片天上,只是,一闪,就不见了,像是什么也没有发生过一样。是的,这里仿佛什么也没有发生过。

一切,都被掩盖得严严实实。只有时间知道,这里曾经发生过什么……

一种无奈,放在眼里。久了,也便成了一种景致,望一眼也就够了。再望第二眼,你就成了大沙漠。

天　池

天堂和地狱都集于你一身,你知道吗?

把你正过来就是天堂,反过去就是地狱,你知道吗?

你这天堂,给了世界多少遐想;你这地狱,给了人间多少无奈……你知道吗?

你知道,你是一个怎样的复合体吗?

其实,问你,还不如问那面镜子。那面镜子什么都知道,关于你的事情它比你自己还要清楚,清清楚楚。

那面镜子叫作时光,只是,你并没有把它放在心上。你早就忘了时光的存在以及与时光相关的具体情节了。除了你自己,除了储藏在你心里的另一个自己,什么都忘了,忘了。

怎样写你,才能更真实呢?

我突然想起了那面镜子——绝对不是哈哈镜——那面镜子怎么说,我就怎么做好了。好了,我要开始动笔了。

扶好我手中的笔,神说,这比给他跪拜一万年还重要。我的耳朵把这句话递给我的同时,也把许多的风声雨声也都递到了我的心里。

（选自《散文诗》,2004 年第 17 期）

箫　风

箫风（1962—　），本名温永东，江苏沛县人。出版散文诗集《沉思的花瓣》《思念的花朵》，编选《叶笛诗韵——郭风与散文诗（三卷）》。

放鹤亭

在云龙山第一节山顶，始建于北宋元丰元年（1078年），为隐士张天骥所建，因苏轼的《放鹤亭记》闻名于世。

这就是你吗，放鹤亭？
隔着千年的沧桑，我与你默默相对。
宋朝的秋月安在？
双飞的仙鹤安在？
牧鹤的山人安在？
独有你呀，这宋体字叠起的亭子，赖苏公的文采而名扬四海。

建了废，废了建。一如那亭前的古槐，绿了枯，枯了又绿。历经千年风雨，阅尽世态炎凉。

至今，两行鹤唳，仍在线装的《古文观止》里，
高——翔。

遥想当年——

“云龙山下试春衣，放鹤亭前送落晖。”

公务之余的东坡太守，常常上山访友问樵，与你朝夕相伴，忘情厮守。拂髯豪饮。啸傲风月。

优哉游哉。如云，如鹤。

与你一样，伫立于天地之间，超然于世尘之外。

而此刻，游人如织。

你飞檐丹楹的芳姿，流光溢彩的传说，风流了多少太阳帽，浪漫了多少蝴蝶衫，陶醉了多少黑皮肤，惊诧了多少蓝眼睛……

他们不是太守。却愿隔着千年，与太守相邀，

神——游。

东坡石床

位于云龙山西麓峭壁下，系一块长方形天然石台，形如床。上刻苏轼《登云龙山》诗：“醉中走上黄茅冈，满岗乱石如群羊……”石床右侧有苏轼雕像。

跫跫足音，醉了。

醉得前仰后合，醉得平平仄仄，最后竟醉成一行“柏梁体”的韵脚。

“冈头醉倒石作床，仰看白云天茫茫。”

是你吗，东坡先生？

鼾声如歌，响彻春冈秋谷。

梦里，一记响鞭，赶得满冈石头——咩咩欢叫。

一千度春风秋雨，一千度柳绿杏红。

而你，还是“归路醉眠中”！

先生，你可知道？

因了你的诗，石台醉了，古道醉了，松风醉了，连你遗落千年的梦影也醉了。

而今，你已醉成一座仰坐挥笔的石雕，醉成一首墨香如酒的诗篇。

醉倒了天下人，也醉倒——梦外一片掌声！

（选自《散文诗世界》，2005 年第 4 期）

徐澄泉

徐澄泉(1962—),重庆万州人。出版《纯与不纯的风景》《坐看蝴蝶飞》等诗集6部。

玉门关的关

风沙步步逼近,城垛节节败退。

我以为:玉门关,再也没有退路了。

长城烽燧,蜿蜒兀立;盐碱沼泽,沙漠戈壁;商贾驼铃,丝路迢遥;哈拉湖浅,疏勒河干。玉门关,突破东南西北的重围,仰仗芨芨草和骆驼刺的喂养,承受历史和阳光的抚慰,勉强苟活到如今。

"玉门关城迥且孤,黄沙万里白草枯。"千年前的诗句,千年后的谶语。玉门早已非咽喉,关城早已无兵丁。张骞、班超、王之涣、岑参,古人早已作古人。玉门关,只剩两口空门洞:一口吸进风,一口吐出沙。不向东输西域的玉石,不往西送中原的丝绸,两只空洞的大眼睛,与我对视,静观一场旷日持久的战争——

温柔的春风,酷烈的朔风,胶着在漠野,大战三百回合,给那个胡说"春风不度玉门关"的古人,一记响亮的耳光!

(选自《一地黄金》)

关于鸣沙山和月牙泉的比喻

母亲的乳房把儿女养大，大地的乳房把山川养大。

河西走廊的一把好乳啊，鸣沙山，她把敦煌养大。

她流动的乳汁，不是风沙，却是可以飞翔的金子。敦煌的白天黑夜，春夏秋冬，过去现在，都被金子的内心，照得辉煌。

假如上帝驾凌敦煌，如果上帝一觉醒来，对镜梳妆，定会惊讶地发现——

鸣沙山下的月牙泉，真像他的眼睛；月牙泉浓浓的乳汁，就是他的眼泪。

睡眼惺忪的上帝啊，睁一只眼，闭一只眼——

沙漠中一泓清泉，苍生有幸！

鸣沙山越长越高，月牙泉越缩越小，黯然神伤！

（选自《散文诗世界》，2016 年第 3 期）

周庆荣

周庆荣(1963—),江苏响水人,现居北京。出版散文诗集《有理想的人》等10余部作品。

长　城

一

一块砖和又一块砖。

一个大集体中相濡以沫的伙伴,有的身板依然硬朗,有的已经风烛残年。

以并肩作战的姿势,以相互依偎的深情,它们如果在我们的远方,只有一个共同的名字:长城。

二

把一片土地爱成国家,把长满庄稼和花朵的田野爱成祖国,把我们的祖先静静地爱成一个又一个的家族,把一片云和另一片云放在这个狭窄的锋面,让我们历史的天空遭遇血雨腥风。

三

我尊重这些被选择的砖石。它们一动不动，寂寞地走进遗忘或者曾经聆听喧闹的沙场搏击。它们以长城的名义，在漫长的岁月里，守望并且热爱。由它们而形成的集体——长城，因此也只能选择担当并且无言。是啊，正义和邪恶，它们在长城的哪一侧？朋友抑或敌人，他们在城墙之上，还是在城墙之下？

四

是是非非的往事已成过客。屹立的是山脉，流动的是江河。江山，它的子民是一个又一个真切的面孔，善良如稻谷，温暖如棉花，多像长城的每一块砖石。忘却仇恨或者耻辱，长城不叹息。阻挡或者推诿，岁月啊，人与事物在川流不息。一直在川流不息呢，比如物换星移，比如天翻地覆，比如候鸟迁徙。

五

爱到佝偻，爱到腐朽，爱到烟消烟散。当所有的痕迹留给空旷，记忆中的长城，祖国是它的主人。如果只能寂寞地站立，它愿意站在更远的地方，在腾退的地带，种下正义及和平。祖国不说大话，她一边心地善良，一边英姿飒爽。长城，站在远方，它会想家。

（选自《青年文学》，2012 年第 6 期）

夜宿大觉寺

就这样沉沉地睡去，睡出一生的长度。

这一大觉呵，仅一次宿，一回醒。

那么多的日日夜夜，那么多的爱恨情愁，连同责任、奋斗，连同友谊、信念，连同猜忌、怨苦，让它们都成为子夜寺空混沌的宙宇。

生命说不清，生活道不白？

只有一觉是真实的一觉。

禅院里两株相依的七叶树哟，星光下叶影婆娑，微风起处，沙沙的声音是哪一种语言？而子夜的木鱼，又在讲述谁的故事？

（选自《诗刊》，2007 年 4 月）

李智红

李智红(1963—　),彝族,云南永平人。出版专著《云南高原的嗓门和手势》《花开的声音》等9部作品。

野狼谷

二十一世纪的雪,飘飘,飘飘,撒满野狼出没的山谷。

峡谷洞开,浩荡的寒风,在高高耸峙的石崖之上,轰然断裂,随之散落成透明的游丝。

萋萋荒草,默守着旷世的孤独,一任零落。

出生入死的猎手,早已跨神鹿西去,呼啸的金箭,茂密成远山深邃的丛林。而狼群,依旧生生不息,割不断的血性,循着山峦的走向延伸,逶迤坚韧,百折不挠。

可歌可泣的狼族啊,在苍茫的空谷,你们的足迹花朵般撒满草地。冷冷的长啸,在白雪之上燃烧,比千年一开的冰山雪莲,更加英气逼人。

面对杀戮,你们始终前赴后继,你们那种大无畏的,蔑视死亡的气度,触目惊心。

历尽苦难，历尽艰辛，你们早已习惯了以血腥洗涮黎明，以苍凉涂抹黄昏。让每一页日历，都因为你们的存在，充满恐惧与神秘。

枪口，犹如深邃的黑洞。

伤口，犹如殷红的蔷薇。

而狼群，依旧在旷野中徘徊。你们渴望走出空谷，走向草原和阳光，走向远古的故乡，走向终生的家园。

二十一世纪的雪，飘飘，以来自天堂的纯洁，一点点地抹去野狼谷中那旷世的苍凉。

古崖画群落

当我透过一块块石崖老旧的纹路，触摸到了三千年前那根历史的脉搏，耳畔，突然回响起一片粗犷的古歌……

这些古老的崖画群落，这些用赤铁矿的粉末拌合着动物的鲜血简约勾画的图案，全都在一瞬间悄然复活。

也就在一瞬之间，我被一种古老灿烂的光辉，照彻肌骨。还是在一瞬之间，我看见我们那些伟大的祖先，健步如飞，正自由而又快乐地活跃在这史前文化神秘而又朴素的氛围中。

他们头戴羽冠，他们腰缠兽皮，他们长幼有序，他们亲善和睦……

他们在太阳当顶的山岗围猎，他们在野象出没的山林歌舞，他们在清流回环的河畔祭祀，他们在野草繁茂的谷地生殖，他们在野果丛生的地方劳作……

他们垒石而居，他们结茅为庐。他们在洞穴中交媾，他们在雷电中恐惧。他们熟练地使用石器，他们智慧地保存火种……

当生命的启迪，让第一缕智慧的灵光，一瞬间照亮了古老的部族，照亮了部族中一颗不同凡响的头颅，于是，大艺术诞生了。牛羊鸟兽，庄稼五谷，人物山水，日月星辰，生产娱乐，械斗歌舞……被一根根简约的线条，勾画到了一块块粗糙的石崖之上。古老的部族，进化中的人类，迎来了第一缕艺术的曙光。

历经三千年的桑田沧海，历经三千年的风雨剥蚀，这些朴素的图画，依然清晰可辨。也因为有了这些崖画的护佑，一方方古老而普通的石崖，便有了灵魂，有了生命，有了永不凋谢的花朵，有了神秘深邃的语言。

面对这古朴稚拙而又灵性天成的画面，我终于领悟到了什么是永恒，什么是瞬间。

（选自《广州日报》）

栾承舟

栾承舟(1963—),山东即墨人。1981年开始创作并发表作品,先后出版散文诗集《跨越》《结合部》等3部作品,合集2部,散文集《为自己歌唱》等2部作品,小说集《舔刀子的羊》等。

拜谒魏碑

魏碑,位于山东省平度市天柱山,系北魏光州刺史郑道昭所刻,昭示书法艺术由隶向楷的转变,成就极高。

从那端凝神秘的石碑里,一下子跳出了艺术。
如一只天地造化的不老鸟儿,越过春风之门。
与我们,又一次,不期而遇。

骨中的隐秘,心中的期盼,刻成天之一柱。暮鼓晨钟,风月韭露,黄昏黎明,人间血泪,也就随之刻成了艺术,刻成了冷静,温软的时间。

砍不去的激烈,与内痛,留在了天柱山,与我们,时时相遇。

提着春天、月色、星星走上山来的,声音,还像昨天一样,满是风霜的憔悴吗?

我看到他们,抬起头来,壁垒间仰视;他们,同样看到头顶,永远不落的星辰,照耀着满山葡萄,牵藤结籽,结珠,结玉……

千年不绝!

(选自《星星》,2005年3月)

鹿回头

其实,根本就不必回头,也不应回头。

那一刻,你的心中纠结着什么?

既能化作一方巨石,冷冷的愤怒,千年万年不说一句,当初,为何不化作一匹白云,

跨海而去?

读着你眼中的火花,我才明了,什么才是真正的威武不屈……

(选自《光明日报》,2004年4月28日)

初登鹳雀楼

之涣老哥登过的楼,写出白日依山尽的楼。

此时,正值中午。

黄河正在远去……

多少年了，诗人的魂，是否仍在此间徘徊？是否，依然以一种恒久的姿势，始终昂着，诗之头颅？

此时，薪火相传之火，仍在每一个来者的心中燃着。

于缠绵的秋雨中登楼，从正午到日暮，一阶一阶登临……

心灵沟壑之深，精神山川之险，

次第逼近……

（选自《散文诗》，2016 年第 12 期）

雷　霆

雷霆(1963—　),山西原平人。出版诗集《雷霆诗歌》《我的官道梁》等。

在杏花村

我知道的酒,有千年汾水婉约的矜持。四月里,一路上会遇见杏花出走的迷香。中午的阳光不高不低,留在瓦楞的局部。古井因为朴素而闲置,人间万象也更新。也就那么一瞬,我就想起官道梁的高粱。深处的念想,总是要表达高出大地的色彩。一抹红,要么刚刚告别旋转的心事。要么身怀更加久远的功名,待到酒旗高挂时。

是不是一定要传来问候,马蹄的踏踏之音。你说你蹄下掠过的香是不是梁上的草香?或者说她是你花蕊的妹妹也不算过分。一小阵的颤动会让你的心退回到天涯。杏花丛中的汾阳,四月是谨小慎微的蜜蜂,为了风中的甜铤而走险。她要把小脚抖动成内心的舞台。连这也不算数啊,杏花开在土台上,迎风咏唱出日子的闲。

香过的,飘散的,来来往往的尘埃。前世里,花朵可是我梦中的小灯笼。在四月的梁上,像极了母亲的小棉袄。针脚粗大,只要挑起的就是生活的陡峭。和世上的花一样,在汾阳我只是路过的书生。我知道，从泥土开始的事物总要开出人间的花朵，她成长的边疆辽阔，有高的和低的闲言碎语。直到我老去，在晨昏里依然守着洞藏的隐忍。

（选自《杏花村》）

桦木沟

大风掀开的羽翼，一条沟用它的狭长张望。大雪一纸空文，刚够覆盖草原上枯萎的植被，而在积雪的上面，桦树一字排开，所有的枝丫都松开了，好放走没命奔跑的寒风。桦皮斑驳，伤痕处有沙砾般的雪花短暂开放。有一棵白桦看上去苍老，被大风掀起一部分根须，身子向南方略微倾斜，像一个站不稳的老人，想把一生的伤感掏出来交给草原的空旷。

马群静静地，在雪原上一动不动，好像奔跑与自己无关，好像奔跑就是一场刻骨的疼痛和领悟。偶尔它们用前蹄刨开积雪，渴望有秋天没有啃完的矮草守候在那里，马鬃斜披下来，配合着整个身子抖动。

整个雪原苍茫得像久已失传的方言，不再表达心中的家园。又一股冷风吹过来，摁住一路小跑的断枝。

我想到无关这个词。在即将暗下来的桦木沟，蒙古包闪出的一点点炊烟，更像一幅水墨画最后的点缀。而归来的羊群呈方阵移动，把这样的场景一再拉长，并回到沟的另一面。

（选自《山东文学》,2016 年第 11 期）

三色堇

三色堇(1963—),女,本名郑萍,山东文登人,现居西安。出版诗集《南方的痕迹》《三色堇诗选》,散文诗集《悸动》等。

被我加冕的秦岭

一言可以兴邦,一木可以茂林。

站在秦岭繁盛的灌木丛中,内心有雾气一样的东西开始弥漫。

野燕麦,芨芨草,泼雾的苍穹,幽深的清泉,旁若无顾的鸟鸣,漫山的野花不敢怠慢的绽放。它们践行着大山的使命,像诗人践行着词语的使命!

我几乎每个周末都要驱车来到秦岭,对它俯身而卧,闭上眼睛,大山的施舍,断崖的劲松,一湖静水,一缕清风,别有一番滋味在心头。

如果无法为你承载雨雪,那就让所有的山花蓬勃怒放,让蝴蝶为你点妆,让清泉冲刷蒙尘之心,让所有守候的叶子都为你攥紧茂盛的信念!

是的,你是我的君王——我要为你加冕!

谁说江山易改，本性难移，我偏偏不改江山本色，而要针灸本性，扶正祛邪。

长安，初雪

她先是在旷野里，在塔尖上，在长安城，在碑文的边缘，在鸟鸣的低处，在人群的缝隙中，在焦灼的时代里不动声色地裸露着微光。没有浅吟也没有轻唱，她只是默默地，用宽广和仁慈温暖着世上所有的事物，包括罪孽与堕落，良善与邪恶。

她并未恪守住命运的安排，她走在生命之上！

她不因故事的低矮而藐视，不因灵魂的高贵而仰望，无论天堂和地狱，无论寂静与鼎沸，裹着远方的好消息和被雾霾淹没的人类，她对尘世如此公平地抛洒着温暖，她原谅了世上的所有。

你无须带着影子重新上路，她纯净得让你有足够的激动与诗对饮。

这些北方仁慈的雪啊，她们在与自己的撕扯中过滤着时间的污垢。把她们聚在一起的定是内心的警醒。她的光芒注定无法克制，她将前朝的消息尘封在虚无里。时间如此清白，谁能一眼望穿那个千里迢迢的归人？从高处到低处，从寂静到繁华。

她将长安变成了大唐，我一直怀疑，这场最美的相遇不是她的唯一。她不是遥远的意义，不是词语的镜子，她藏着柔软，召唤，暗喻，也藏着一把真理的刀锋，让我们在冷峻中重新审视世界的结构。

（选自《散文诗世界》，2016 年第 5 期）

王一木

王一木(1963—),江西南昌人。作品散见《星星》《散文诗》《散文诗世界》等。

断桥读雪

断桥,是一个传说。西湖的水,都是细节。

桥,其实从未断过,断的是梦;爱,其实也未断过,断的是风。

白娘子靠近时,断桥风姿绰约了。许仙靠近时,断桥温文尔雅了。白娘子和许仙相遇时,风来了,雨来了,断桥在风雨中如痴如醉了。

白,是桥的前世今生。缘,是桥的偶然或宿命,几多轮回,几多缱绻。

修炼千年,难抵一场雨中的邂逅,瞬间即成地老天荒;以伞传情,不抵一次蓦然的回眸,顷刻间以身相许,天长地久。

断桥是白堤上的一个断点。断开的水,一半属于尘事,一半属于蓝天。

水漫金山,那是多么不解风情的战争啊,以水的形而上,淹没如影随形的美丽。法海和尚的无边法力,与高科技武器一样,善恶不分。

雷峰塔，终究镇不住爱的坚贞、孝的精诚。倒了，碎了，桥影中，水草般摇曳的，是它的魂。

断桥最深的困惑，是找不到结束悬念的句号，遗憾像苏堤翠柳，生生不息。

断桥上，如何再续前缘？这是一片荒废了千年的愁云。恋也千年，梦也千年，时光如简，寸草不生。

雪，是应桥之约而来的。水的张狂，以及那些叫淹没的动词，需要雪的冷却。

雪，飘过苏堤，飘过晚钟，飘过断桥，纷纷落入了江南的故事。

释放所有的空灵之后，雪把白的概念，铺开到了极致。经过一个个传说的淘洗，能够留下的记忆，叫残雪。

读断桥雪，其实是在读许仙的善良，读白素贞的境界，读水的灵魂。

读断桥雪，其实是在探析一个旷世的疑问：

绵绵冬雪里，是否还有一个美人，为你撑一把充满柔情的油纸伞，去修补桥的残局？

南屏听钟

伫立西湖边，南屏钟声，一片片响起，弥漫了黄昏。

张择端画里飘出的钟声，一片就悠扬了南屏山。

淙淙山泉里飘出的钟声，一片便清澈了净慈寺。

钟声极轻，像山岚一样薄如蝉翼，你的视线，你的思想，你的记忆，穿行无碍。钟声极厚，整个世界都被轻轻笼罩，一花一草，一树一土，一笑一念，概莫能外。

这就是宋朝的钟声吗？古色苍茫。宋人的灵魂，生在最空灵的钟声里吗？抑或，只有懂得爱又超然于爱，懂得世俗又超然于俗务的宋人，才能般配如此高妙辽阔的风情。

我沉醉于这充满灵性的钟声，那是山的语言，那是水的禅意。

我知道，西湖的智慧姓宋。我还知道，南屏晚钟的底色，是空。

听南屏晚钟，是在听一种静心的文字。虚壹静气，才能读懂钟声的奥秘，读懂岁月的箴言。听一声，你的心灵就会有一种安顿。再听一声，你的意念就会美丽如莲，温柔敦厚。

在净慈寺听钟声，钟声是一种传说，是济公的破衫，劫富济贫，牵风引浪，萧疏可爱。

在西湖边上，在清澈的地方听钟声，钟声是水。水无言，却能顿悟生，顿悟死……

南屏晚钟，是普度众生的情怀，是灵魂想去的地方。

（选自《索桥散文诗》，2010 年第 1 期）

杨　锦

杨锦(1963—　),内蒙古乌兰察布人,现居北京。出版散文诗集《漂泊》《冬日,不要忘了到海边走走》及纪实、散文集6部。

普陀之夜

隐匿了白日的嘈杂与纷扰。

疏淡了几许香客的步履匆匆。

客船到时,暮鼓敲过已久。夜晚的普陀深沉而宁静。所有的墙都停止了呼吸,所有的凡尘都等待着静心,会留的自然留,能住的自然住……

夜的深处,海浪咆哮着,撕扯着普陀孤独的一角,潮起潮落如泼墨,沙滩若宣纸写了一代又一代的往事与梵音。

袅袅的香火在山的一角闪烁,倾听着佛国的高度,不倦的寺院里,千手的观音守护着不变的慈悲,一千只眼睛注视着点亮的心灯。

今夜,我是漂泊的行人,梦里几度轻轻地踮起脚尖,聆听莲花里的普陀……

也许,晨曦中,诗意的普陀,朝圣的脚步,会从一朵莲花开始。

茶马古道

跨入大理古街古驿站门口，就如跨越一道历史的门槛。

门前摇曳的风铃，依稀绵延着当年马帮悠悠的铃声；屋檐上生生不息的野草，诉说着岁月的枯荣。俯身院落一口清澈的水井，依稀看见波光粼粼的井水，仿佛倒映出马帮起伏的身影……

马蹄声声，敲打千年古道，穿越雪山，穿越草地，穿越秦砖汉瓦时光的隧道，穿越唐诗宋词的字里行间……

马蹄声声，曾经繁华的街巷市井，谁知那清冷的月光，宁静地照耀着孤独的归程。

心存一份思念，多少悲壮的故事消失在激昂的鼓面。

茶香绵延万里征程，丝绸铺就一幅多彩的长卷。

队队马帮，穿越崖壁的缝隙，在故土与异域的客栈上行走。

茶马古道，茶韵悠悠。

千百年低吟着一首古老的歌谣。

如诗如画，如歌如诉。

一个民族的历史，就这样在马背上驮过大地的苍茫，岁月的沧桑……

（选自《人民日报》，2012 年 2 月 1 日）

心　亦

心亦(1963—　),本名陈治军,安徽人。出版长篇小说《隳突》及诗集4部。

乐山大佛

乐山大佛是唐朝开元至贞元年间,在四川乐山城区东南凌云山前,就山岩凿成的弥勒佛像,高71米。是我国最大的佛像。

——题记

静静矗立,无欲则刚,千余年只化作你眉心间默默的一纹……

青山苦孕众生,自然之骨开凿成参天伟岸的佛身……朝阳被衔作背景,风声、雨声、水声、经声……声声入耳,浸润了无数的身影与心灵。一站就是千余年,山站成了佛,佛化作了山。瞬间凝固成永恒,永恒在佛的掌心攥成丝状的一瞬……

西山举亮一点夕阳,一粒孤独的香种,尽情照亮迷茫的心帆……

心之帆,在涛声依旧的江畔,冉冉升起。这些被岁月擦亮的允诺,长竿一点,凌云一绝,渡万家灯火靠岸……

随星星去参禅，谁在灯火阑珊处顿悟。暮色中，你以绿苔之痕，承红尘点点脚印；晨曦里，你以万籁俱静之唇，吻空山粒粒鸟声；雪雾间，那纤纤巧巧之指，编织起禅房花木翠绿的意境，欲渡天下芸芸众生；大江畔，挺拔高耸之躯，托起凡尘斑斑苦难之泪渍，于仁慈中归寂……

超度你的香，丝丝缕缕……

超度我的灯，灿如星辰……

超度夜色的经，醒在黎明……

听，晨钟暮鼓声中，谁凝望通向丝路的花雨，热泪纵横！

莫高窟飞天

敦煌莫高窟壁画中的空中飞舞的神。

——题记

洋溢灵魂的舞蹈，在空中怒放一种永恒。

苦对座座圆润的沙丘和满窟惊羡的目光，在偏僻的敦煌莫高窟，你穷尽一生做了一次努力超越人间的飞升……胡之乐音终于盛开，舞蹈的花朵姹紫嫣红，仙境由此悄然诞生。

在这游客如云的季节，窟壁之上花朵极富生命的燃烧，必将终极一切生命的虚伪，转而丰富果实一般平凡的真诚。在时光永恒的隧道里，你不朽地穿行，襟飘带舞的精髓，跟阳光一起凝固在洞窟的四壁，熠熠生辉。

花期注定无限，激情也注定无数次被点燃……脚板裸露，都焦渴地踏来，热烈的火焰带着不同的云彩升天……倔强的手势，绝不仅仅是象形文字，那朴实的内涵，不知蕴藏了多少无人能解的故事？莫高窟高深的嘴唇启或闭，虽点化了一种神韵，听——却有隐隐的哭声……背后的琵琶反弹着，久等回音，问：弦断了几根？

就这么将琵琶悄然地一拨，十指间四射的箭之锋芒，便把无数的贪婪一举击溃，稀稀落落的碎片撞在洞窟这只古老的大钟之上，终于烟灭灰飞……

（选自《上海诗人》，2016 年 12 月）

张敏华

张敏华(1963—),浙江嘉善人。出版诗集《最后的禅意》《反刍》等。

镜 海

爱上这片海子,爱上它的静谧。水之蓝,加深了一颗心的剔透。

芦花纷扬。白鹭觅食。山峦一天天消瘦。

连绵的雪山向镜海倾倒神谕,谁轻轻扶起自己的身影?

季节轮回。生死承诺。留给自己的眷恋。

挥挥手,走不出这片海子。

五彩池

顺时针沿着五彩池潜行,仿佛胸前佩戴一只巨大的怀表,在滴答滴答声中听见自己的心跳。

夕阳将晚霞燃成烛火,雪山俯首在黄龙额下。

一池洗净了黎明。一池洗净了黄昏。一池洗净了繁星。一池洗净了前生。一池洗净了今世。

雪山空寂。莲花打坐。三界倒影重生。

在乎,或者不在乎,只在一次转身。

已知的,未知的,都轻轻放下。

圣母堂

那是北海涠洲岛,岛上的圣母堂,我北海之旅的缘由之处:从容,安静。

途经的香蕉林成为最后一道风景,幻觉在光影中若隐若现,一个只剩下信仰的法国神父,捧着星星风雨兼程,一路坦诚。

人间的片段被钟声望穿,荷池已泛出青色,甲午年的最后一天,是用信念取暖,或冰敷的时刻。

心灵需要迁徙,灵魂的圣母堂,如同爱,如同草木:离开,又归来。

(选自《伊犁晚报·天马散文诗专页》,2015 年 9 月 30 日第 9 期)

曼　畅

曼畅(1963—　),本名侯满昌,河南西华人。出版散文诗集《心之树》《五种颜色的春天》等。

过函谷关

穿过山涧之后,月色变得锈迹斑斑了,溪水胡乱地流淌着。

不再温暖,鞋子穿在脚上,不远处浮现的光有些迷离。一些风的影子,忽高忽低地吹。

其实这是一种散漫。谁都熟知其道,内心的归属归于意识形态之上,时间会是什么?太多的结果都在无谓之中。

事实远非如此,向下或者向上,一如天马行空,因为看见或者看不见,黑夜或者白天都不可能让人变得更加复杂。

风也是这样,一切事物均被时光托举。山梁,河谷,晚星,篝火,于空旷之下空着。

一切意义的长久,都在启发之间。

青牛,杳杳……

(选自《散文诗世界》,2013 年第 7 期)

大相国寺

谁又能记得起呢？若干年前，还是那阵风，吹着佛脚，像物理者的黑洞，到了这个年龄，就温顺了安然了。

这困顿中的红尘，一如某些时间的切片，一再被爱所爱着，我想是你虚度了时光，比如低头赏菊，把菊香留在叶梗上，离开，浪费它们好看的花影；比如把手放下，手指张开，使空空如也的空得到我千丝万缕的牵挂。

深陷于此，也许是另一种幻觉，暮色不愿为灵魂献出荣光，时光也不，我看日子裂变，一只钟表拒绝时间，沙漏在风暴之外滴落，还有塔阶，在来或往，上和下之间空着。

佛，以颜色及形状，仿佛要说些什么。

古吹台记

风从不同方向吹来，踏着落叶和雨水，在肉体和灵魂之间，交汇。

随风散去吧。时光、情感、呼吸和秋露，大片的背景就像雨在雨水里发出的声响。

万物宁静。并非一件容易的事情，一棵树在红尘里清洗着自己。雨，我想它的方向是所有音乐的方向，此时风尘，雨水一样漫过。

不是错觉。风卷着风，比时间更加持久，尽管黯淡，浮在浮尘之上的日子，还可以看得出：山高，水远，及无法挽留的叹息和美。

可以忽略不计。那么久，我就静静地站着，听琴的知音——阳春、白雪。

（以上选自《千年咸平》，2015 年 4 月第 1 版）

范恪劼

范恪劼（1963— ），河南南阳人。散文诗、诗歌、散文作品见诸报刊及年度选本。

叩击鹤壁

有鹤于飞。

翅翼一展就是一场雪。纷纷扬扬，三千年的天宇，卫灵公放不放鹤都是附注，鹤才是永恒的原旨。

就像，高洁仍在高洁处固守，吉祥仍在吉祥里漫溢。

壁立。鹤立。

在一面旷世之壁前，我，不愿学仙人乘鹤遁于渺茫。只想，以心叩击。

叩击，以一只白鹤的嘹亮烛照吉祥福祉的脉络。

叩击，从兴衰更替的回声寻找龙族复兴的纹理。

蓦然间，我听到南山石壁开口说话。

说时移世易，古韵已入今风；说由璞而玉，石壁化为明珠。

漫步朝歌

朝歌是一窖历史宝藏，适宜翻捡。

从牧野翻捡几朝铁未销，从沫邑翻捡吉旦高歌，从玉门关翻捡五色石，从许家沟翻捡线装三国水浒。

朝歌是一池文化翰墨，适宜濡染。

在朝歌，随便走到哪条街道都会被曹植、陶潜、骆宾王、宋之问、陈子昂的辞章灌醉，随便步入哪处故址都会被柳宗元、高适、王十朋、于谦、王铎的翰墨熏陶。

朝歌是一座长鸣警钟，适宜敬畏。

摘心台，无心菜；箕子操，麦秀歌，中华文化第一子之亡国之痛高洁之行仰之弥高。

朝歌是现代锦绣，适宜怀恋。

（选自《中原散文诗》，2017 年第 2 期）

向天笑

向天笑（1963— ），湖北大冶人。出版诗集《孤独的玫瑰》《边缘时代》等 11 部作品。

未名湖

未名湖，不同于另外一些湖，无须命名，肯定会有名、会出名。大师就是大师，看到的是与众不同！

未名湖，生就了大师的面目，表面平静，波澜不惊，一旦气候形成，一旦暴雨来临就能让众多的毫不相连的湖泊，连在一起，一次又一次地，就像一只翅膀与许多翅膀连在一起，那是一种什么样的飞翔啊？共同掀起骇人的浪潮！

躺在我面前的未名湖，像一座融化的冰山，破裂，撕碎自己的破裂，是惊心动魄的破裂，是一场运动，让全世界都能听到她内心的颤抖。

但是，未名湖还是太瘦小了，更多的时候，像一个弃妇，满池都是被冷落的哀怨。

多少不安的灵魂，曾在她的身边踽踽独行，留下的脚印像一块块伤疤，也是一堆堆会随时燃起的火焰。

未名湖啊，一湖能结冰的泪水！

啊，未名湖，多像大师的眼睛，极为纯净，没有杂质，也容不得半点杂质。无论睁开，还是闭上，即使视而不见，也能将天上的风云净收眼底。

高昌古城

坐着驴车，行走在泥土包围的风景里，不得不感叹泥土的坚硬。

面对残留的城墙、废弃多年的佛殿、讲经堂，谛听随风而来的诵经之声。

一个七岁的小女孩，拿着驼铃追赶着我，乞求的眼光里看不到半点忧伤，对面的土墙下，几个维吾尔老人轻松地弹唱。

静坐神农架

我一个人在五更醒来，静坐在神农架的半山腰上，就像坐在巨大的坟岗，周边的群峰如一块块墓碑耸立。

星光，早已在云雾中退隐，除了翻山越岭而来的一片蝉叫，还有楼下一只公鸡，在孤独地打鸣。

而呼应它的，是一只松鸦的惊叫，掉落在我的头顶，四处张望，却看不到松鸦的踪影，除了满目的树木，还是树木。

（选自散文诗集《时光倒流》，太白文艺出版社，2009 年版）

崔国发

崔国发(1964—),祖籍安徽桐城,生于安徽望江,现居铜陵。出版散文诗集《黎明的铜镜》《黑马或白蝶》,诗论集《审美定性与精神镜像》等。

伊犁将军府

沉睡的古炮,带走了滚滚的烽烟。

百年沧桑:

平定准噶尔叛乱的勇士们,去留肝胆,立马横刀,在岁月的峥嵘中,演绎着生命的壮烈。

枝繁叶茂的榆树,森严持重。

路边的枝条,在风中,傲然书写出泱泱华夏的精神与意志。

石破天惊:

两尊石狮啸吼。它们雄视四方的威仪,气势磅礴,慷慨激昂。

镇守边关。手执金戈的将军——

叱咤变幻的风云,抵御外侮,捍卫疆土,在西陲的庄严肃穆中发出了苍茫的一叹!

我看见了,那一排白杨的正直、伟岸与坚强。

不折不挠，风雷激荡。一身的风骨，挺拔起热血男儿对于祖国的一腔炽热的情感。

政肃风清，大义凛然。

也许历史就是这样地还原天下兴亡的真相——

此心安处是吾乡。

时光荏苒，寻觅苍凉与悲壮。有谁知道，大好河山在我们灵魂中沉甸甸的重量？

（选自《星星·散文诗》，2014 年第 8 期）

兰　亭

写经换鹅，于修身养性的兰亭，一笔难尽古老的东方神韵。

仰观或俯察，永和九年文采飞扬的才情，有如行云流水般的洒脱与秀逸。

惠风和畅，天朗气清。

一股正气与风流的行草跃然纸上：墨池犹存，但借这流觞曲水，梦回东晋。极视听之娱，于精神贯注的玉壶之中，揣着幽兰般的清远绝伦之志，和素鹅那一片澄净明透的冰心。

奋笔疾书，于点画、曲折、疏密、布白之中，有所寄托——

怀瑾握瑜，心正笔正，既让功名利禄飘若浮云，也使心灵的爱与美、人性的善与真矫若惊龙。无须字字珠玑，却一定要入木三分，力透纸背，黑白分明。

面对一张纸的纯洁，绝不信手涂鸦，不写陈词滥调，不写忍辱偷生。

写不完的偏旁部首，看不够的铁画银钩。

也许这便是书圣！笔酣墨饱，尽可以气势雄健，骨力强劲，但运笔使锋，兴怀感赋，却不会有辱斯文。习字修身，最怕的就是欺世盗名。

翰墨难写是精神。一横一撇一捺，便能把一个平凡的人，写成一个“大”字。

兰气似风，竹荫绕亭。

我不知道，还有什么比美轮美奂的兰渚山魂，更加令人从容淡定？

退思园

遁居同里：流水之上，给自己留个反躬自省的空间。

还是要退思补过。智者乐水，未必都要置身于湍急的漩涡，很多人不愿意急流勇退，最后想归隐的时候却来不及了。

是真君子，能进能退，能伸能缩。

允许有人做富贵的美梦，允许有人出人头地站位显赫，从闹红一舸到菰雨生凉，从红枫金桂到岁寒三友，春宽梦窄，繁华落尽，我只想种德养心，安于淡泊。

明镜高悬。何不物我两忘，宠辱不惊，自喜窗轩无俗韵，亦知草木有真香？

是该退一步静下来想一想了。

思无邪。尘襟一洗，邈然淡出，把物欲的浊流退思成静谧的池塘，把波涛汹涌的尘世退思成心平如镜的小河。

清风明月不须一钱买。你尽可享受水鸟殷勤的鸣叫，琴瑟和谐的清音，桨橹欸乃的欢歌。

嗟叹过红尘喧嚣，憬悟出回廊曲折，你还可以端坐亭榭楼台去观鲤赏荷。

像眠云一样的去净俗根，像腊梅一样的清幽洒脱，像苍松一样的劲拔坚毅，像翠竹一样的清骨俊秀，抑或，于氤氲的梦幻中，垂钓澄碧的水波……

需要这样的达观与超然，小小的退思园，给我们上了一堂关于进与退的哲学课。

（以上选自《散文诗世界》，2015 年第 7 期）

亚　男

亚男(1964—　),本名王彦奎,四川达县人,现居成都。出版散文诗集《呈现》《雪地的鸟》等。

望江楼

在一片古老的瓦上,站了千年。我回到你的身边,风告诉我,太阳离我不远。嬉水的女子,微笑照耀。

芬芳的月光,泻下千年的期待。

这江,望不穿的岁月,在一页历史上,把我和你写进去。滔滔不绝的爱情,伫望着江水滚滚。

水下,一片叶子长出我们的甜蜜。

你问时光,那一天,我去了南方。

南方以南,水在水之外。

阳光与你接吻,我想着你的唇,以及那些和阳光有关的事。

江之上,一条路伸向远古。

历史的页面打开,一个女子的爱情。

三月的望江楼,春天在发芽。

武侯祠

穿过风雨，三国的硝烟还在。刘备和诸葛亮在一起，我和诗歌在一起，成都和美女在一起。

刘备得了诸葛亮，成都得了美女。

走进武侯祠，先人的骨风贯穿亭台楼阁。

刘备，诸葛亮安详于殿堂之上。

那天，沉默的石柱，和墙上的《出师表》，究竟是谁得了天下。

周瑜，孙权难道就没来成都吗？我在这里也没有寻到小乔。

这天，《赤壁》开机，一个时尚的，性感的小乔，走进了镜头。

三国，魏、蜀、吴，在解说词里激战。

武侯祠为诸葛亮而建，可是诸葛亮是文将，何以武呢？

一个女孩说，诸葛亮不是有草船借箭吗？他在这里静候武将的到来。

每一处诸葛亮的遗风犹存，摇着扑扇，长长的羽毛，轻轻地扇过今天，赤壁火光冲天。大雾里，一箭穿心，正好中了女孩的心。

也许，很多年后，我还会想起女孩，在武侯祠，草船借箭。

杜甫草堂

秋风已过，草还在。

寒衣裹着岁月，一款溪水，轻轻绕过。

诗人杜甫捧着月光，和溪水对歌。

悲悲切切，一弯水。奈我屋上三重茅。

是呀，今天我也解不开，老杜在茅屋饱蘸笔墨急书气节的样子。冷似铁的风，一次次灌进来。

悲世嫉俗。成都只有三重茅接纳。

锦官城下，一段抽绎，怎能将一腔热血禁锢。

燃烧的秋风，卷我屋上三重茅，残卷风云。

触摸一万年的沧桑，老杜已在他乡。

草堂，一馆流风，只待我的瞻仰。

一些人在这里喝茶打牌，将时光掷在草尖，摇摇晃晃的，多么明亮。但谁又想起了老杜曾经在这里饱受的苦难呢。

我站在门前，迈出去的脚步多么沉重。一踏出去，艳阳涂在性感的腰肢上，款款走来。

打开窗，千秋的雪，正好在穿着火红的衣服在滑雪。

草堂的草，千年，或者更久。

（选自《呈现》，河南文艺出版社，2012 年 10 月第 1 版）

陈　拓

陈拓(1964—　),藏族,甘肃临潭人。出版散文诗集《六个人的青藏》(合集)。

果　洛

抽出那把锋利的腰刀,扎入深夜,一朵含苞的红铃,灿灿地开出伤口。

马蹄踏碎的七月,在诗之间,飞落的鹰群,被一条暴涨的河水冲散。

淋漓的羽毛,发出动人的哀鸣,做着最后一次,打动我爱人的努力。

掬起你微启的小口,饮尽九曲柔肠的相思。

果洛啊,我就是你企盼了一千年的那个丈夫;我就是你那个一出生,只知有你不知有我的孩子父亲;我就是那个会唱,很多仓央嘉措情歌的扎西!

(选自《山东文学》,2015 年第 3 期)

曲哈尔湖

是阿尼玛卿雪山溢出的最后一滴清泪，还是英雄格萨尔高高举起的酒杯?!

在赛马称王的盛宴，高高地举过头顶，忽然停顿在雪山之巅。泛着青稞瓦蓝瓦蓝的颜色。

太阳的微笑，在一个早晨显得神秘而别样，雪山捧起的玉碗中泛着琥珀的光亮，诱使一朵冰雪的歌谣在鹰的翅膀下绽放。

蝴蝶的尖叫，使一万匹野马疯狂。

右转好像风摆柳，左转好似彩虹飘的伊人，逦迤而行在史诗中。

被岁月越酿越浓，浇灌在草原牧人的心头，使一种向往锋锐如箭，穿透记忆的裙裾，将绵长的倾慕一层层剥开。

仿佛是天地雪山都醉了。

燃烧的琼浆，把渐渐消沉的气血涌到心头颅顶，燃红紫色的脸颊，点燃历史的时刻：马蹄翻飞，啸声如潮，哈达飘荡，龙达飞扬。

河曲宝马驮载的格萨尔，被持续的风暴举起，不断地高高举起。

从此沉醉了一个民族。

（选自《山东文学》，2013 年第 4 期）

致九曲黄河第一湾

孤峻的河曲马，向着一片心仪已久的芳草地奔去。茵茵生长的野草，踮起脚尖，渴望得到你的轻抚（哪怕是漫不经心或者不经意的轻抚，也会令她们沉醉回忆一生），还有那只忠诚的河曲藏獒，跟在身后，像一个纯正活泼的孩子，忽焉在前，忽焉在后。

我也一样，期望就此拉着你的手，与你一起自由游牧，与你一起驰过英雄格萨尔驰过的所有草原，与你一起穿过所有的黄昏黎明，与你一起背靠背地坐在皑皑的玛沁冈日雪山之下，与你一起面对着滚滚涌来的黄河和岁月……然后，无论每个月明星稀的夜晚，还是风雨如磐的岁月，我都毫不疲倦地停泊在你温柔的胸前，似原风孤鹤，鸣乱你满头的青丝。

或者相约长成一簇高原的苏鲁树，一起发芽、抽丝、开花，随着春风舒展我们自由坚贞的爱情，一起咀嚼生的自由与爱的美丽，以及苍老的幸福和死亡的平静。我知道我们从来没有后悔过，在人生这样一种瞬间的过程。

我们爱过、拥有过、快乐过，而且那一次，我游进你灵魂的深处，月白风清，天籁无声，仿佛从不曾停止运动的世界停了下来。我们挣扎着、挣扎着，你像一只快乐的小鹿，我像一只得意的飞狐，轻飘飘地在金黄色的秋里，风一样刮过！

（选自《散文诗世界》，2012 年第 9 期）

龚学敏

龚学敏（1965— ），四川九寨沟人。出版诗集《幻影》《雪山之上的雪》《九寨蓝》等。

在芮城大禹渡

禹拴过马的夕阳很薄。纸做的刀从大河身上滑过。
我的卑微，我的断发，和那滴夭折的泪水，
被鲤鱼泊在那些湿淋淋的渡口。纸上的快马，
跃过书中的泾渭，一翻页，
我就苍白成比玻璃还要白的蒹葭了。

黄河在我从小读着的书中流得越久，我就越渺小。

在大禹渡，所有草盘踞成的思想终是不敌岸上的柏树。
我是禹过往的铁船上抛在岁月里的一声汽笛。
在月光中潜伏，在夜色里遗失青春。
在夕阳里百步穿杨，杨是手工的泪水，是我的爱情，
是戴在臂上的钏。
风把我的名字吹散了，
风把我系在禹柏枝上的一点想法吹散了，

他们在岷山用陶做的刀解剖我对自己苍白的怀念。

在芮城，风把我吹得比刀还薄，河道一朝一改，
世道有时比黄土上的寡妇还苍凉。

（选自《星星·散文诗》，2015 年第 2 期）

在凌云山观音石窟看见春天里的第一枚桃花

像是病了，已经开过的那十九朵，躺在旧年的水做成的枝上。

菩萨，去年的那缕春风，你放在了哪里。

我的桃花病了。我站在比我还要苍老的暮色中，心神不宁，随手一翻，便是唐诗中被水浸过的那一页。

第一枚桃花，在我清瘦的目光中，力不从心，菩萨。

我是你炼成的那粒药，在春天，专治那株病了的桃。

菩萨，“芯”神不定，桃花们讲不出话来。我是她们的声音，走了整整一夜，才听见少许的香。

朝思暮想。向阳的云朵，是你给她们的风骚。

那么多的鱼想要游进水做的骨朵中，桃花样开放的苍天在上。

菩萨，她们是你伸开的手指，我在听。

（选自《文学新视界》，2017 年第 1 期）

沈 苇

沈苇（1965— ），浙江湖州人，现居新疆乌鲁木齐。出版《沈苇诗选》《新疆词典》《正午的诗神》等20余部作品。

楼兰（节选）

一

远行的商队，请在楼兰停一停。卸下你们的疲惫，让骆驼享用苜蓿吧，吃馕、火埋烤肉，喝一口楼兰的泉水吧，当然，你们还得上一点税。

中国的毛皮、瓷器、桂皮、铜镜，西方的地毯、黄金、象牙、琥珀、乳香，又一次在罗布淖尔相遇了。相互打一声招呼吧。将你们的魅力，你们的琳琅满目，展示给对方看，将楼兰变成一个万国商品博览中心。

车马店拥堵不堪，旅馆也爆满了。人们在小酒店喝穆赛莱斯，欣赏楼兰歌舞，汉语、吐火罗语、粟特语、婆罗米语，混杂在火一样热烈的鼓声中。尽情喝一杯吧，将你们的故事讲给对方听，用手势，用眼神，用酒后的醉语。在楼兰驿站，四海之内皆兄弟啊。

远行的商队，请在楼兰停一停吧。让丝绸之路延续你们的贸易、你们的行旅。如果没有了你们，如果你们的旗帜倒了，谁为我们运来梦想和远方？

二

需要一个高度，与三间房遗址为伴，升起楼兰的摩天大厦。

需要一个高度，同时眺望东方和西方，保佑丝绸之路年年通畅。

需要一个高度，凝聚臣民和旅人的力量，守护楼兰人、鄯善人的墓葬。

需要一个高度，安慰痛者，洗净罪人，让和平安宁出现在烽火狼烟之上。

三

1934 年，瑞典探险家斯文 · 赫定第四次到达罗布泊，在楼兰废墟挖掘一个古代居民的垃圾堆。它的详细清单如下：一只老鼠干尸，表皮几乎没有损坏；大量鱼骨，说明罗布泊曾有淡水；一根鞭子，鞭杆用羊胫骨做成；一颗猪牙；马、牛、羊、骆驼的骨头；纽扣，铜币，碎布片；一只马鬃做的鞋底；废旧铁器，确切地说是一根锈铁链；两个毛笔架；撕碎的桑皮纸；写有汉字的木简；一个木钥；最下面是大量的芦苇秆。——这是对的，芦苇曾是楼兰人最重要的建筑材料。

赫定先生尤其注意到一堆羊粪。由于沙子的保护，它新鲜如初，好像那只羊刚刚离去。他侧耳倾听，隐隐听见了羊叫：咩——咩——咩——

四

死亡是一种隐私，我们却将她公布于众。死亡是一种尊严，我们却在她身边溜达，嘀嘀咕咕，指指点点。

如果我能代表盗墓贼、考古队员和博物馆，那么，我将请求她的原谅，原谅人类这点胆怯而悲哀的好奇心。

我无法揣度她的美貌，也不能说，她仅仅是一具木乃伊。如果我有一辆奇幻马车，就将她送回沙漠，送回罗布泊。在塔克拉玛干这个伟大的墓地，让她安息，再也不受人类的惊扰和冒犯。

死亡是她的故乡，她的栖息地。我们岂能让她死后流落他乡？岂能让美丽的亡灵继续受苦？

我们称她为“楼兰美女”。她的无言就是告白，她的微笑使我敬畏。因为我知道，她精通死，胜过我们理解生。

五

游移的湖，被大沙漠和孔雀河控制的命运。它的暧昧，它的闪烁。沙漠中的一滴，曾包容海，包容瀚海的辽阔、壮美。一个珍贵的词，在凋零之前，占有水的反光，盐的反光。

游移的湖，它的波澜，它的长叹。它的水面曾倒映伟大的楼兰。那消失的一滴却不再回来。罗布泊在死去，移居一个垂危的词—— 一具词的空壳。

它的死亡，是道路、城池、驿站在死去，是胡杨、芦苇、果园、麦田在死去，是死去的沙漠再死一次！是时光的一部分、我们的一部分，在死去。

游移的湖，不再游移，不再起伏、荡漾。沙漠深处的走投无路，大荒中的绝域，留下一只沧桑、干涸的耳郭。——我们倾听的耳朵也可以关闭了。

六

丝绸之路，阳光汹涌的荒原，颗颗飞翔的心脏埋入黄沙，心脏要开花。

——是思念与想象之花开向荒漠甘泉。活着是湿润的，而死去的文字爬满楼兰，在布片和断木上干枯地安息。头骨的酒杯，仍在风中传递。泥塔高筑，一个城池中时光难辨。三只奶羊围向红柳的摇篮，摇篮里美丽的弃婴，名叫楼兰。

坐在荒野上，星光和月光低声地议论。胡杨的守卫，黄羊的凝望，盐泽的反光照见骆驼牛羊。天空的灯盏亮了又灭，罗布泊的大路通四方。楼兰的火，楼兰的粮，楼兰美酒迎远客，一路风尘到雅丹。雅丹的城啊，敞开的楼，天空的灯盏抱怀中，西域的火种撒边疆。高高祭台下，七个女儿舞蹈到天亮——

鼓声咚咚沐浴朝露的楼兰。黑发披身乳房明亮的楼兰。兽裘为衣天鹅为伍的楼兰。头枕白雪脚踩黄沙的楼兰。天使飞临赠予双翼的楼兰。策马奔走驰骋荒原的楼兰。人烟断绝逃出楼兰的楼兰……

帛道漫长。一个飞翔的名词将我击中。升起的头颅，炽热的目光，血脉和心脏，向着楼兰的方向。黄昏沉落，灭顶的狂欢在逃亡，沙从天空倾泻而下，覆盖了楼兰。——楼兰楼兰，你正隐身于哪一个时空，向着我们神秘地微笑？破碎的花瓶，散开的木简，被风带走，挽歌之手抚摸楼兰的荒凉。哦，楼兰，思念与想象能否将你复活？楼兰楼兰，难道你只是一个幻影，一声废墟中的轻叹？

[选自《新疆词典》(增订版)，上海文艺出版社，2014 年 10 月版]

喻子涵

喻子涵(1965—)，本名喻健，土家族，贵州沿河人，现居贵阳。出版《孤独的太阳》《汉字意象》等6部作品。

双乳峰

贵州省贞丰县的双乳峰，被地质学家和游客称之为地质绝品和世界上最大最美的乳房，而当地布依人称作“圣母峰”。

——题记

一

我认识。我曾经啜饮，曾经抚摸，曾经枕眠，曾经久久凝视，直到我长大远走他乡。

我认识。你晨幕里模糊的脸庞，仰在大地酝造奶汁的虔诚模样。

我认识。你的乳晕，记录每一次精心的哺育。

——数千年，数万年，两座山，让生命成片开放；一条河，流动着文明的气息，成为世界的榜样。

呵！无数跋涉与翻越，我执着地寻找；像一颗流浪的星，劈开银河的森林，寻觅你的体香。

在古夜郎的一角，在黔之边，在阳光与雾露织成的丝绢里，我终于找到了你，古老的让人迷醉的亲娘。

你多么的疲惫，但没有衰老。仍是棕人少妇的坚挺，黄人少妇的饱满，白人少妇的亮丽，黑人少妇的健康。

二

有时你矜持，一贯的慈性散发暗香的温馨。

有时你放荡，让阳光占有，博大的胸怀迸射普世的火焰。

朦胧之中，信念环绕，一切生机在地气中萌芽。

清晰的影子，人们像烈焰一样仰望，燃烧的气质如山峰一样敏锐。

你的温良，像喜马拉雅的雪光。

你的直率，像雅鲁藏布的激流。

你的生命，像昆仑山上的塔珠与星光，传递着不灭的智慧。

时间在你面前没有尽头，世界在你面前没有界限。

我们歌唱和起舞，让洪钟激越，让天地旋转。

光线和影子在你的峰巅交融，声音和脚步在你的河流徜徉。

生命之源呵，我就是这样成长与成熟。

火焰归来，力量归来，让我为你深深地报答。

三

我又将离你而去。是你给我的梦想，给我追寻的力量。

我的行囊，永远装着你的传说。

我的脚步，永远牵着你的目光。

在海边，潮汐的声音像山风从你乳峰吹来，波浪拂过我的双脚，我感觉到你那体温的亲切和光滑。

在沙漠中迷路。独行在黑夜里，你身边的那朵云载着黎明和甘露，为我铺设一条绿色的通道。

我像水一样生活，用你的血液和乳汁到处浇灌。我的信仰，——你那若干水珠的眼睛，把大地一一点亮。

力量之源呵，我任意地飞。

穿越密林，跨过群山，双脚变成飞船与桥梁，一种来自你的力量改变着速度和时间。

行走在繁华的都市，我向人们赞颂你；并告诉他们：

有一种力量，会改变世界和人的心灵。

（选自《散文诗世界》，2012 年第 12 期）

莫　独

莫独（1965—　），哈尼族，云南绿春人。出版《守望村庄》《祖传的村庄》等15部作品。

锁龙桥

从俯下身的那一瞬，你就打开了自己的沉默。

一页，就是百年啊。

一面，就是三生啊。

而真正的负重，是从来无须言说的。

桥缝的荒草，荣了几度，枯了几度？岁月的蹄声，照样得得地从你依然的脊梁上走过。

桥下的流水，涨了几秋，落了几秋？时光的背影，还是匆匆地从你我的面前掠过。

只是一侧车来车往，滚滚的扬尘，可否卷拂了你远离喧嚣的宁静。

只是一直人去人回，沙沙的嘈杂，可曾打扰过你不问年岁的守候。

河畔，五月的凤凰花年年火红。

脚下，七月的龙岔河岁岁高歌。

偏远，但少了边地的寂寥。你无意锁住什么龙，握紧由远而近的名字，一开始就只屑于忠实的沉默，像桥头水田边那把在炎凉里等待主人的锄头。

蝴蝶泉

雨不急不缓地下着。这样的气息，多么适合靠近一部水边的爱情。时间也刚好，上午十点，在离开一阕蝶香之前，足够让慕想在一塘水前实实在在地发呆。

蝴蝶、泉水、音乐，这些原始而经典的爱情元素，挡不住的回味，激起挥不去的记忆。门口，五朵金花熟悉而灿烂的笑容又扑面而来，照亮一段情爱在生命中无与伦比的甜蜜和年轻。

蝴蝶泉边好梳妆。一朵金花就够了，她的一句笑声，足以打开一池十月的蝶恋。然而，阿鹏和金花的情歌对唱，轻轻易易就带我回到了大理三月的风光里。

秋雨淅淅沥沥。我拿在手上的伞，没有打开。

苍山脚下，洱海之滨，在一扇蝶翅面前，再多的风雨，也是多余的。

（选自《散文诗》，2016 年第 9 期）

蒋登科

蒋登科(1965—),四川巴中人,现居重庆。出版诗歌评论《散文诗文体论》《九叶诗派的合璧艺术》等10余部,散文诗集、散文集各1种。

腊子口写意

上山,下山,左转,右拐,腊子口是一个难以到达的地方。

多年以前是岷州的地界,如今成了迭部的边缘。

烽烟燃烧在几十年前,如今是一片平静,树很高,草也绿。

一条公路从隘口穿过,笔直平坦。

小溪依然清亮,叮叮咚咚,似乎在地诉说着什么。

人很多,都是乘着车来的,各式各样的车辆带来了山外的繁华。

凝视高高的纪念碑,眺望周围的山头,沐浴和煦的清风,听讲解员背诵了千百次的解说词,拍单人照,集体合影。然后钻进车里,平静地离开,只留下文明世界的汽车尾气。

我不是来这里故地重游,也不是来这里游山玩水。

腊子口积淀了太多的沉重,也养育了一种燃烧的梦想。

几十年前的血雨腥风呢?几十年来的世事变迁呢?

为了这个拦路的隘口，很多年轻的灵魂在这里安眠。他们比我年轻，但他们在年轻的时候就和这里的山川草木融在了一起。

我是怀揣敬意来到这里的。凝眸四野，沐山风，听水吟，望蓝天，观白云，我听见一群来自历史深处的声音，高亢，整齐，嘹亮。

时间是最伟大的裁判，回到历史中，我感受到岁月的崎岖与坎坷。

（选自《绿风》，2016 年第 1 期）

黄果树瀑布

自天外来。自山外来。自梦境来。

积蓄千年力气，汇聚万溪浪涌，飞奔而来，跳跃的姿势雄壮而优美。

那声响，发自万古地心，又好像源自随之跳动的脉搏。

这个时刻，如果心灵没有震撼，如果情绪不曾激昂，如果在飞雾如絮的拥抱中没有踩上这惊天动地的节奏，那定然是虚度了这远足的美好时光。

许多文人都这样赞美。每位游客都这样感叹。

在惊叹的人群中，只有我是沉默的，虽然这是我们土地上的骄傲，有着我们血脉的搏动。

伴着缥缈的彩虹，我的眼前出现幻觉。

在地球的另一面，在另外一条奔涌的河上，更为雄奇也更为柔媚的尼亚加拉瀑布群，以其独特的形象与声响正与天地对话，好像是向黄果树瀑布发出挑战。我曾感受它的宏大，我曾沐浴它的彩霞，在飞花溅玉之间，体会天地的博大。

世界真的很大！有时候，我们不能只是关着门自己对自己说话。

我把赞美的话语深深地藏在心间，让它生根，发芽，开花。

（选自《散文诗》，2005 年第 12 期）

才　登

才登(1965—　),女,藏族,青海祁连人。出版散文集《牧人的祁连山》、散文诗集《转山转水》等6部。

唐蕃古道

一条路,就像是一卷打开的长诗,让深邃和意向扑面而来。

这里,群山静穆、流水回转、经幡烈烈、水鸟啾鸣,风成为一种曲子在这条通往藏地的山路上吟唱、徘徊。

放眼古道,一千多年的风雨沧桑,一千多年的缄默忽略!

那一些浮动的白可是远古的马队带起的尘烟?那一抹胭脂的云可是阿姐佳萨娇羞的面颊?一切都如梦似幻。

先民的劳作以及古道曾经的繁荣隐入时空,隐入雪山以外的雪山。鼓角和马匹都沉寂在荒野滩涂,烽火被雨水浇灭,古老的路基裸露出地面,羌笛时隐时现。

此刻,即使我跨上一匹风驰的骏马日行万里,也难以追回唐朝,去领略大唐公主的大义和美丽。

草原静寂,和风细雨。只有这条从远古延伸到今天的路盘绕在山水之间,倾诉着一个悲壮优美的故事。

(选自《丝绸之路》,2015年第4期)

柯鲁可湖:芨芨草和野鸭身临绝境

戈壁深处,撞见一头骆驼和它的女主人。

这时的我,整个心都要被酷热淹没,担心她们会不会被燥热吸干!

而柯鲁可湖的出现,于旅程是一次心灵的盥洗!一湖碧蓝,一湖灵动,一湖荡漾的芦草如神话般摇曳……

我曾用虔诚的双脚丈量过青海湖的胸襟,也用镜头圈定过尕海的妖娆,而柯鲁可湖啊!绕开来路的羁绊,我拥抱你!你如一颗圆润的玉,我只想把你捧在掌心,向世人炫耀和你的不期而遇。

这里足够干涸!而你,如一位丰腴的女人,周身散发着水的潮湿和泥土的芬芳。

在太多的繁杂里,唯独你清澈的目光足以照见一泓深邃。

(选自《金银滩》,2007 年 10 月)

张晓林

张晓林(1965—),山东即墨人。作品散见于《星星》《散文诗》《山东文学》《中国诗人》等报刊。

秋染大沽河古槐林

槐树沧桑,蔓草衰黄。

秋的身边,大沽河的身边,所有植物的言辞,动物的低语,青青之色浓郁。

大地,已自梦中醒来。

树与花草,也已缓缓醒来。

天,海角天涯一般,很高,很远。

间或,能够听到几声鸟叫,像火星,悠悠飞升。小小的羽,忽闪着柔雅,没有一丝一毫的惊恐!

这个上午,在槐树林,一只只都是秋天精灵的鸟雀、山羊、鹅鸭,漫步着安宁、和平与自由,光芒闪烁。

原始的谵语,以及梦呓,像谁的轻巧的碎步,在叩问。

一片小小的风,欲说还休,瞬间有了落叶的感觉,秋的感觉。

雪，落满了大沽河湿地

朔风吹响柳林的时候，

雪终于来了……

大片大片的林子，间或大大小小的草滩、芦苇，在压低的穹苍下，不动声色，

有别样的凛冽……

各色林木，芦苇，正在飞翔或栖息的鸟儿们，有一种血缘深情。

这个夜晚，雪那长长的手，拂过了所有亮闪闪的心灵，以及，所有亮闪闪的眼睛……

（选自《中国诗歌》，2017 年第 3 期）

梅　卓

梅卓(1966—　),女,藏族,青海化隆人。出版散文诗集《梅卓散文诗选》《土伯特香草》,长篇小说《太阳部落》,散文集《藏地芬芳》等。

问候玛曲

什么使我想起玛曲?

那未经之地,马儿自由奔跑,劲风歌唱着经幡上的文字。

诗歌覆盖过来,韵律便在心头响起。

累计着灵魂向往的次数。从去年冬天开始,那位幻想之子,从玛曲梦游而来。

直到藏历新年来到的一瞬,钟声响起,鞭炮齐鸣,子夜中的寺院桑烟缭绕。

长跪着的人儿恍然听到:遥远的玛曲终于吐露心曲。

那么意外,却又充满温暖!

回避无济于事。幻想中耽搁的孩子,执着地消耗着手机话费。致使脚步匆忙的神灵也感到好奇,停在山岗,侧耳聆听:

你可愿意与我同行?

一起远赴那前生曾叩首的圣地?

美丽的玛曲日夜流淌。

美丽的玛曲云间穿行。

美丽的玛曲阳光照耀。

美丽的玛曲神魂颠倒!

呵,青春的记忆也曾自由!完美的道路在夏天延伸。

拜谒九十九座神山,祭奠过九十九座圣湖,经历过的人生已经无可救药。

纯洁的灵魂却要累计向往的次数:

向往着激情的青春岁月,那一去不复返的,将带到来世的遗憾。

今年夏天的雨在青唐狂奔。

今年夏天的风会在何处歌唱?

愿左右为难的日子生长出三头六臂,好抵挡幻想中耽搁的玛曲。

吐蕃特广袤的沃野上,雅鲁藏布宽阔的胸怀间,松石湖耀眼的彩虹下,护法金刚庄严的神舞旁——

玛曲!玛曲!

握着白纸,咬着铅笔,绽开了微笑!

问候玛曲。

藏历新年之后，深夜的酩酊大醉中，拨通了马儿自由奔跑的未经之地：

向你问候，深情的玛曲！

愿你的激情比长久更久。

愿你的青春比永远更远！

（选自《青海日报》，1999年7月6日）

冯文柯

冯文柯(1966—),陕西凤翔人。出版散文集《我无力负担昂贵的泪水》《推开无数可能的门》。

在大明宫废墟上

能听见人的脚步声,就像谁在故意跺着脚从耳朵边走过。实际上我周围几乎没有什么人。我来这儿的时候看过了,在夕阳和我之间,有几个年轻人好像在争论一件天大的事情,打着手势,极其激动的样子。他们争论,但一点声音都没有。我越过这几个年轻人看土丘高处的青草,又看青草高处的夕阳,我看出来夕阳是流动的,这片废墟上的青草在夕阳的河床上摆动,那几个年轻人的手势甚至身形也在轻轻摇曳。

斜坡停止的地方,青草野性的绿,放荡的绿被蔬菜温柔的绿色所更换,平缓的菜地扩展开来。我来的时候,菜地里远处近处分散着几个农人,蹲着,都将脑门贴近蔬菜最顶部的叶子,手臂均被菜色淹没。我在一片叫不上名字的青草上躺了一阵子,听见耳边很响的脚步声,我想这声音一定在远处,但不会远过唐朝。现在,我躺在土丘的低处,头枕着大明宫的废墟,我得认认真真思考一下与我的大脑最接近的部分。是的,唐朝在上游,而我,是在远离唐朝的下游,在某个渡口,等待渡口和岸将自己变成过去,变成上游。可是实实在在，我是躺在这面斜坡上的，如果没有时光的落差，我现在正头枕屋脊，躺在大明宫某一大殿的屋顶上，倾听夕阳洒落出唐朝的声音。在我的下面，在大殿深处，是被宫墙、卫队、大臣层层封锁的地方，仅隔着一些并不牢固的片瓦，我却听不到任何来自王朝的声音。

躺在大明宫废墟上，我发现时间之外还存在时间。唐朝并没有消失，唐朝只是躲到了时间深处，大明宫只是被另外一些时间掩埋起来了，另外一些时间，还有不属于任何一个朝代的青草。我睁开眼睛，天空站在对面，我从来没有见过这样高大的天空。看着游云从天空的脚下浮起，飘到高处，飞鸟在天空的身边过来过去，躺在大明宫的废墟上，我第一次觉得站在了天空的对面。或许，只有躺下来的时候，才是真正站起来的时候，站在天空之外，站在青草之外，也站在时间之外。

大明宫的废墟渐渐隆起，把夕阳整个挡在了身后。我看见土丘的影子越来越长，把菜地里的农人一个一个圈在了阴影之中。

耳边的脚步声再次响起来，是菜地里的农人，跺着鞋子上的泥土沿田埂走去，身上半是夕阳，半是阴影，农人就在阴影和夕阳之间一晃一晃地走动。菜地则一步一步向后挪移，向后挪移的菜地里，两个农人仍将脑门贴近蔬菜最顶部的叶子，根本不像在劳作，而像在思考与大脑最接近的部分。

躺在大明宫废墟上，是二十年前的事了。不知道那儿还有没有青草，即便有，也不会那么生动了吧。现在想起来，二十年前，已经成为时间之外另外的时间了。听说，那片菜地上长出了许多楼房，许多楼房站着，打量躺着的大明宫。

（选自《散文》，2003 年第 5 期）

冉仲景

冉仲景(1966—　),土家族,重庆酉阳人。出版诗集《从朗诵到吹奏》《众神的情妇》等4部作品。

朝天门码头

内心的大殿,发布会迟迟没有召开,
浪簇纷纷燃烧。

无知者无畏,无畏者无惧。
我将抛弃圣谕与古训,同时,撇下罗盘的指引和桅帆的箴言,到你的涛声中航行。
拉响汽笛,生命就有了速度,有了声音。
亲爱的,你是否握住了我的舵?
你的码头,早已被锁定。
我,时刻都在抛锚。

第二滴,
你的水有梦的重量,它在我蓝色的航行日志里,飞——

丰都鬼城

你和我被自己塑造的鬼怪,吓得魂不附体。

——在鬼城。

不经意间,跟我撞了个满怀。

你红脸,低头,疾疾走开。

亲爱的,你的羞怯,

恰好暴露了你江水一样渐渐高涨的情欲,散开的发丝,怎能将其遮挡?

亲爱的,做钟馗吧。

我们的血液中,

有一群禁止相爱的厉鬼,他们手执刑具,向我们瞪眼,吐舌,振臂,断喝。

极度嚣张。

第五滴,

你的水摆动着:长裙似的,令我彻夜难眠。

巫山悬棺

鹰,停下。

云,飘动。

蓝天蓝得没有一丝皱褶。

烟霭张天,家园何处?歌谣四起,欢乐何方?时光流逝,荣耀何在?

高崖壁立。

悬棺。

撒也尔嘀!先祖的死亡,高过想象。

亲爱的,除了壁画和墓穴,我们更应该仰望先祖们对生存的挚爱,对死亡的选择。

第八滴,

你的水被制成了盐:那么巫,那么咸。

(选自《星星·散文诗》,2015年第3期)

丹　菲

丹菲(1966—　),女,本名王桂红,山西太原人。出版散文诗集《温柔时看见你》《背面》等作品。

雁门关,只与一种候鸟有关

灯火通明,大道平坦,时间釜底抽薪,曾经的关隘虚坐山脊,黯然神伤。

穿过五千多米的雁门关隧道时,速度赋予我轻蔑的力量。历史瞬间失语,它以模糊的面容徐徐上升。

中原的北部顽疾,朝代的黑色疮疤。无数次占领和失陷,将军的钢铁意志和虚弱肉身。长期争战和短暂交流。所有细节被照亮分解。

山峦绵延,残存的砖石正努力收回自己的影子。

广袤的土地上空气清新,植物茂盛,人口繁衍。不宜学那个雁门太守壮怀激烈,也不必仿诗人李贺多愁善感。

白云悠悠,蓝天从来就辽阔。

雁门关,只与一种候鸟有关。

雁门关内外,都是我的家乡,我的省。

(选自《大沽河》,2012 年第 4 期)

运城死海，葬我于盐

葬我于盐。

不如让我漂浮于海。

我喜欢用四肢作桨，躯干为舟。头枕着死亡的肚皮，仰望蓝天，直到黑夜降临。

没什么比这死亡更加令人心安，它波澜不起，一副素面，有足够的涵养和力量承载我。除非我不再坚持，内心一点点坍塌。

一份无须言语诠释的协议书，澄澈透明的默契。爱恨分明。

原来靠近死亡，是如此平静而温暖。可以闭目养神，可以读书、交谈、冥想。生活还在继续，如常发生。

但是啊，我们终于握手言欢。

（选自《散文诗》）

黄　钺

黄钺(1966—　),本名李金水,广东吴川人。出版《纸上光芒》《从枝丫间望向远山》等。

梦觉关

梦觉关,大梦先觉了什么?

一路老树,一路老藤,一路曲径。

一根根翠竹,密林中,恍如一个个仕女,朝代千回百转,却还藏在深闺,无人识。

一瞥之间,温润顿生。

但一路小雨。“天街小雨润如酥。”

抬头,危崖之上,枯枝横伸,竟有小雨汇成的水声,汩汩而下。

梦觉关,大梦先觉了什么?

崖壁之上,一巨大内凹之穴,“梦觉关”三字终于扑入眼帘。

越看,越有大梦初醒之感。

山中一日乎,世上千年?“梦觉关”三字的两侧,有两幅文字,却已模糊,我看了又看,还是没能看清。答案,已经秘不可宣。

转身,雨越下越大。远望,天地间之大美,同样被神用布帘遮上。

幸好,“梦觉关”向前凸出的崖壁,刚好把雨挡住。

穿着从山下买来的鲜黄色雨衣，我们两个像不像刚下凡的神仙？正爬在一块碑上，读：梦觉关洞穴群是早期河床上流水旋转侵蚀的大型侧向窝穴群……

一条苍茫大河，顿时在我的心间，逶迤而宽阔地展开……

一线天

天色阴沉。

危崖之前，有二三十行尺把宽的石阶，蛇一样向上。“请君入瓮”。

探头，两块大石挡路。肥一点的人，无法进入。胆小一点的人，请绕行。

除了“钻”，别无他法。两面石壁一直向上，最顶处，微若阳光恍若隔世。

但我终于看清，此非洞，乃“一线天”也。岩壁上，一条条树根如时间之髯，亦真亦幻，从最高处垂下。那么多，那么长，令人不可思议。

有树叶，从顶上飘下，仿佛上帝的特赦令。

但上面的根脉，谁能看懂？

一行更小的石阶，还有前面，向更高处延伸。

我仿佛行走在时光的夹道。

潮湿之苔如梦的皮毛。

纵横的石纹，似世间无尽的路。

出口处的光亮，才把我出窍的灵魂，拉回。

不远处一五彩的山崖，如凝固的浮云，高悬头顶，又让我目瞪口呆。

小心地接近，山崖上水珠滴落，阴生植物，青绿如一块块被人遗忘的翠玉。

一只只小鸟从右边的竹丛跳出，虬曲如蛇的山路上，踏步、啄食，毫不把人放在眼里。

惊魂稍定。但直下的路左转后，又见小“一线天”，双壁夹峙之顶端，一巨藤如巨蟒，正扭身而过——神秘、诡异、逼真。

山风轻吹，才发觉身上竟有一层冷汗。

（选自《湖州晚报·散文诗月刊》，2015 年 5 月 3 日）

夏　寒

夏寒(1966—　),内蒙古赤峰人。出版诗集《初雪后的红玫瑰》、散文集《梦想原野》等7部作品。

贡格尔草原

七月。贡格尔草原。
白白的云,还有蓝蓝的天。
银色的毡房,如一颗颗棋子,描绘着人间天堂。

牛羊,悠闲地漫步。
英姿飒爽的蒙古族姑娘,在马背上,奔腾。
抒发诗情。

草原深处,风车傲然屹立,舒缓转动着,
这个秋天。

金界壕怀古

我站在金界壕的戍堡上,展开了追古抚今的遐想。

面对八百年的气势恢宏，俯视：

草原深处，绿色巨蟒匍匐爬行的姿势。

女真人，即使殚精竭虑，也无法阻挡，成吉思汗踏踏的马蹄！

金界壕，依然在风吹草低处起伏蜿蜒，伸向天边……

应昌路遗址

元惠宗妥欢帖睦尔，在众臣的簇拥下到来。

瞬间，草原藩王的王府变为大元帝国的皇都，自此，纸醉金迷，歌舞升平。

残垣断壁之上，拓着纸醉金迷，历史悲剧。

曾经的鲁王城，被明军的战火焚毁，在刀光剑影中化为蝴蝶，婆娑复翩翩。

元代，最后的皇都，成了埋葬一个王朝的坟墓。

此时，中原雷雨滂沱。

睡梦中，曾经的琼楼玉宇，那些残垣断壁，形同文字。

（选自《山东文学》，2016 年第 10 期）

爱斐儿

爱斐儿（1966— ），女，本名王慧琴，河南许昌人。出版诗集《燃烧的冰》、散文诗集《非处方用药》等多部作品。

青海湖

这一刻，万物走远，太多的痕迹追随大海一样的时光，被消失覆盖。而你返回，或者从未离开，就像一截拒绝被带走的海水，停留在沧海桑田之内。穿过大地的空寂，心中的蔚蓝，高坐清澈之上。像那些细小的油菜花，返回某一个灿烂的夏天——这浪漫为时不晚，在高处不避天寒。

你需要这样一片微凉的心境，保鲜光年带来的凋敝，破败。如你内心保存的眷念，深深浅浅，尽是深不见底的回忆，被无边之岸包裹，存留——不管马匹拉走多少虚构的天堂，高风吹过多少座深山。在这唯一的高处，旧年的气息，将被生生世世，保存源头般的高度。

有时候一阵风吹到这里，会动用一小截春天般的暖。在苦涩之内渗透一丝微甜，像搁浅在一个人心中的老地方，像大海带不走的一截深邃，在湖心埋下深深的静寂。如稀薄的空气，沉默寡言地进入你的肺叶，在你的命中，成为一种不能替代的满。如果此刻，有云彩轻轻飘来，无须浪花飞溅，声张这天地苍茫一瞬间的默契与心领神会。

你眼看千堆雪扎根远处，偶然被真相指认为沙漠。

谁的心，会在瞬间现出一秒钟的荒芜？如一截海水，被高原风干，手捧溶解在命中的盐，富含有情与无解，在苦涩之内，刀刻逝水与光阴。尽管此刻，恰是阳光普照，而你内心的流变正像无言的湖水，静静地沉下来。

（选自《大山昆仑》）

相遇拱宸桥

与你相见恨晚。

在拱墅，在运河南端，你在一树桐花紫色的烟云中由远而近。

我避开世人眼中的胜景，按下我从北到南的漂流，也按下八千里路云和月，只为与你相遇。

已是烟花三月，茶香柳新，断桥不断，仙、人之间的爱情早已瓜熟蒂落，传奇与佳话也在书页内被翻毛了边，我已无大事可记，焚琴煮鹤之余，就来河边看你。看你消瘦的风骨，临风的英姿，看你淡淡的目光远送汤汤而去的河水。

我在你身边看到了如此奇妙的景致：水与桥，动与静，重与轻，来与往，远与近，短与长，东与西、左和右，聚与散，桐花与云絮，我和你，一个一刻不停地走，另一个固执地等。

你看惯了熙来攘往的人流，也看惯了雨伞遮挡的各种神情，你早已见惯不惊。当你看到一个下雨天不愿打伞的北方女子，你自然了解，我只是不愿雨水打断我们之间的默契，不愿雨伞阻隔这散淡光阴，归还你我已断流半生的对视。

用下雨的心情看你的时候，你回望的眼神正滴着水珠，这一瞬，我有干涸太久的词语如鲠在喉。

现在，我终于可以站在你身边，以亲人般的心腹之音对你说："若遇让你万箭穿心的人，就去用魂灵度他吧。"

（选自《西部》，2015 年第 5 期）

黄恩鹏

黄恩鹏(1967—　),笔名黄老勰、清风渔隐,满族,辽宁沈阳人。出版散文诗集《故人庄》、随笔《到一朵云上找一座山》、理论著述《中国古代军旅诗研究》等。

蒲津渡,黄河铁牛

蒲津渡黄河铁牛,唐开元年铸造。每尊高约1.9米,长约3米,宽约1.3米。每头铁牛都有七根排列七星北斗状的铁柱,助铁牛拉桥。

一

八头铁牛。两岸松动的滩涂。一座桥,大水横陈。

时间的温度,像虚词。尾部横轴,连珠饰纹、菱花纹、卷草纹和莲花纹。阳光里褪色的鸟鸣,装满了黯淡的中原文明。浑圆的脊背、腰臀。裸的文化,细润呈现。

黄河,从遥远的青藏跌宕而来。清澈、混沌、泥沙俱下。据说,20世纪40年代,河水沿蒲州西城墙外流过。枯水季节,能摸到枪戟般的牛角。过往船只,会被露出淤泥的牛角刮漏了船底。

如今，铁牛也歇了。

有人在大河边拾到了瓦当，模糊的纹络，似缠绕的麻绳，捆绑四书五经和全部春秋。

二

河雕璞玉，石刻兽首。水神的仆人，驱魔的法器，担起了一条河流的重量。

铁牛们，以赭石和氧化铁的内蕴，剿杀大河的凶悍。

风吹，向古城西门外偏北方向。

仓廪实，知礼节。

对大河的礼仪，民间历来厚重。推独轮车、挑筐担篓的汉子，忙着运送铁矿石造牛。铸铁工匠们，把运城的炉灶，安放在此岸彼岸。盐抱着盐，水抱着水，大火和大水，相互砥磨。

铁牛出世，每一个轮廓，都是一座宫殿。

三

盐田风，把胳膊吹红了。

此前，我总以为只有大海才有盐。可是，运城的大地生长盐。黄河日夜流淌，含盐的河流，要去找大海。

就让一群牛驮了。

可是，牛的职责，是拉犁负轭、躬耕陇亩，又怎能伫立河畔，和索桥一起，在浪推涛磨、淤泥的搓揉中不塑形，默默承受一千三百余年的劫掠？

站在渡口，我构想一道大河的形状。

我能否看见：一道蜿蜒大流，从中条山和华山之间，浩荡流过？

四

鹳雀楼，四野苍茫。时间暴力呈现。满水满地盐粒，不能让历史保鲜。

元明兵燹，刀与火共谋陷落。三门峡钢刀坝闸，劫走了大河黄金，吞噬了沿岸草民。铁牛和泥沙被大水逼迫。欲望横行无忌。

传说如黑夜闪烁，标本搁浅。

铁牛只承重了两个朝代，便被黑暗暴动的波浪淹没。

倒是四位铁人有着现实表情。这些圆脸、颧骨突出的中原农民，握拳曲臂，膂力过人，倾着身子，作犁地式。

我在远方河岸，听他们唱歌呢。

五

蒲津桥两岸，长安和开封。

三十年河东，三十年河西。

铁匠的后人，就在乡下玉米地里耕耘。

我经过解州杜东村。凌霄花怒放的村边，有一大截水泥路，农民将收成的玉米在道路两边晾晒，任来去车辆碾轧脱粒。

田野里有两头黄牛吃草。

——它们，莫非是铁牛脱胎换骨的前世？

（选自《中国诗人》，2017 年第 2 期）

刘海潮

刘海潮(1967—),河南开封人。出版诗集《沙丘的儿子》《我是你梦中的东京少年》等7部作品。

咸平湖

已经等了很多年了!
忧伤,轻轻掠过湖面,候鸟般地,泛着蓝光。
一片,又一片,灼疼,我的双眸。

已经等了很多年了!

鱼的色泽,雪的色泽,铺满,咸平湖。
午后的光,子夜的光。

一只鸟在黑暗中守望家园!

仰望泰山

一抬头,就是泰山了。

泰山石，石缝里的枯草，国画里的声音，在蓝白相间的泰山下，顶风而立。

从黄昏到清晨，从日落到启明，我匍匐在泰山脚下，枕着泰山入眠。

可我只能在泰山脚下，以仰望的姿势，凝视，膜拜，却无法抵达泰山的内部。

十八盘，天街，日出。

这一个又一个名词，都因距离而陌生，都在我的身后越来越远。

远成我中年的背影，远得无法再远。

羲皇故里

一划开天。与天地准。

大年初一，我又一次走进你。走进你的时候，已近傍晚。

独自一人。

天上，飘着雪花。漫天的雪花洒洒而来，洒在新建的牌坊上，洒在人祖的宫殿上，洒在千年古柏上。

烟花时不时地腾空而降，在漫天雪花的映衬下，红红绿绿的，格外靓丽。鞭炮声此起彼伏，氤氲之气在伏羲庙四周弥漫。

哦，春节了！

只是人祖爷，你知道吗？上次来我是陪母亲一起冒雪而至，这次来，却只剩下我孤苦伶仃的一个人了！

（选自《谁领我走过那个村庄》，

河南文艺出版社，2012 年版）

李俊功

李俊功(1967—　),笔名空间,河南通许人。出版散文诗集《梦园》《五种颜色的春天》等。

御河听琴

初暮的河水在倾听。

北宋女子,绸衣飘垂,弦上指尖舞蹈,时间以鲜活而追古。

撑船男子一弦一弦行旅情深,舟止忘棹。

弦上疆场:骏马,霹雳,蝉鸣,奇葩,苍鹰,繁星,……巍巍雪片飘落寂山……

指腕上的春秋:水榭,银河,佛殿,戈壁,驿站,熙攘老街,守望的月,……摘樱桃的笑语翻飞……

月光的大道,故乡的灶膛,从容的蓓蕾,灿亮的玉米,黑夜的泡桐枝条挑起乡村的一窗烛光……

这时,你的容颜已像夜色一样透明而涌动!

你在等待一个完整的自己,仿佛等待一个音乐浸染的时代。

幻梦蜿蜒的御河安静若隐。

灯光里瞭望,不语的花树和花树一样轻松的几人,以及巍然一座气脉昂然的龙亭。

当夜晚融化，我感念于你。

我如此卑微，一直预言石头开花，繁星如莲，这连续的弹奏，是我的漂泊，是我杂念皆无再度合掌。

剔除多余的废话，望见万般透彻。

那夜，数弦音乐随着徐徐流水，融入无限月光，仿佛，整座古城，倾听历史安静的内心。

开封男子，独自悠远相思，为一句句宋词般经典，陶醉。

城之南，繁塔矗立

孤零零，这座姓繁的塔，居于古城之南，守候了千年，此时，仿佛守候着一个无雪的冬日，守候着前来寻觅往情的众人。

远近多雾，我看它，它看我，以飘逸的姿势，让一座城的前后都柔软起来。

哦，云雾塑造的一万种形态，可以任意呼唤的图画。

冒雨登高，站立的历史筋骨支撑阻塞过满的心情。我从城市内外的大厦、树木、田野、铁轨、高速公路、工业园区、垃圾站和坑塘之侧翻越一重重外物的障碍。

一次次领受着密密层层的佛像砖。

一次次被巨大的时光音乐包容。我着力化解一丝丝怨和叹，轻松得犹如放在云空下的古塔。

我卑微，已不自卑，贫穷，却不自毁，静下来聆听到神的密语：我只能比遭际劫难的草根苏醒更早。张举着草的种子，把年年剪裁的各色花儿趁着春天亮晃出美的意愿。

一座叫着繁塔的古建筑引领我们抵达某种情感的港湾。

在滚动的大雾中，找到。在迷乱的远道上，找到。

看久了，一座塔其实就是透明的，包括我们自身。

（选自《山东文学》,2016 年第 4 期）

陈惠琼

陈惠琼(1967—　),女,广州西关人。出版散文诗集《西关写意》等多部作品。

赤峰沙湖

从无遮无拦中,太阳把我翻晒,一月出生的深雪,被拖到八月空旷之湖,藏我心巢寒心的一角的秘密融化、赤裸着……

消磨在金黄灼热,仍旧徘徊伫望之中吗?

不知不觉,马和骆驼跑着,仍不能说出其走向所在。我沙漠行走,身体弯曲,脚提不起来,只有气力尽消。

沙漠是生命新的负担,沙漠是道路的短旅程,沙漠给我的快乐不是完全的。沙漠的流溢,把我梦中的黄金船冲没。我也许会讪笑,我不会追求那逃避我的幻象。

停竭,沉浸于沙漠的沙杉树那光的金影中。

广州西关沙面,月亮照不到的角落

沙面的满地有银色,散布着魔力,通过的道路,已将通过时光的洪流。

当我在这大地上举目四顾，我看见许多人在跳舞，太极的步和情侣慢慢移动，从世纪到世纪，被人类的生和死的日常所需驱策着，每一栋房子永远不会忘掉自己表达的意，多个国家的领事馆扎堆此地。

打着“华人与狗”的牌子破裂了很久，战鼓也不再敲。沙面，永远地，炮台血斑的武器场，高唱的生命，伟大的颂歌中。

“沙基惨案”的纪念碑含辛茹苦的力量多么巨大。

星空的空虚路口，流血的创口张裂着，碑前三五成群……日夜交织在一起，形成这伟大世界生活的共鸣；过往的伤痛，夹杂在，月亮照不到的角落。

（选自《散文诗世界》，2015 年第 10 期）

黄　刚

黄刚(1967—　)，祖籍陕西临潼，现居广东。出版散文诗集《山高谁为峰》《阳光不锈》等7部作品。

梅关古道

一把剑，青铜的剑。

使命骚动于统御六国前夕，出发酿就于八百里秦川的咸阳宫。

寒光在公元前219年闪过。秦始皇拇指轻催，剑，猝然出鞘，锋指南方——从千古一帝的掌心发轫！逾黄河，越秦岭，跨长江，裹挟着满槽的剑风，凿穿五岭！

伴随猎猎旌旗，赵佗麾下的五十万虎狼之师脚踏秦腔嘶吼的壮乐，将仓颉的精灵播撒在岭南广袤苍凉的荒野：规整刚毅的方块字，被铺排成棱角分明的，一畦一畦，逼退疯长的稗草，一丛一丛绞杀老辣的荆棘。

将终南山的松碳研磨成漆，勾兑岭南的江河。这南方的水，亢奋如马，向海呼啸，裂空嘶鸣。

中土的文明因那万古黄土的催化，沿江发酵，润泽辐射。历经秦风、汉骨、唐气、宋韵的洗礼，以及明清雨露的滋养，蜕变为孕育精神生命的产床！

一寸一尺地，从梅关古道卵石凹陷的马蹄窝，从两壁岩褚褐的血色余晕，从嵌入山体的佛堂香烟，向南演化、向海推进。

放眼五岭以南，咀嚼人文风尚。粤语的音韵是否嵌入了几缕秦音？汉剧的腔调是否飞扬着几声琴韵？客家的饮食是否洋溢出几许秦味？

风吹去，五十万拓疆的大秦勇士魂安何处？志在四方的他们，如飞扬的蒲公英，絮飘四方，落地生根！他们，将秦人的基因植入岭南后裔的骨髓，绵延，传承……

大秦的风，一路向南。

梅关古道的孕床上，北袭的季风浩瀚成不遏之势，南熏的气息逆光而上持续温润——它们遭遇，吸引，对撞，纽结，受孕！于是，大秦的风在五岭以下嬗变，嬗变成一股穿越远古的崭新的风——岭南风，横空出世，恣意江海……

一路向南，

一路向海，

一泻万里，

一啸千秋！

（选自《江西日报》）

洪　放

洪放(1968—　),安徽桐城人。出版长篇小说《秘书长》《秘书长2》等。

母性的半坡与睡莲

还有那一池睡莲。

母性的光辉,冷峻而温馨地开放在第一瓣莲叶上。“是不是从一滴水开始,生命就在这深情中流淌?是不是从一脉根开始,生命就在这坚韧中生长?”

尖底瓶。陶罐。土屋。

每一件都还印有母亲的指印啊。第一件都还印有母亲的指印啊。

为什么所有的开始都是母亲?

为什么所有的痛苦都是母亲?

而光荣呢?而桂冠呢?睡莲无言,半坡无言,大地无言。白云苍狗无言。

无言就是一种逝去,让人心惊而泪水潸然。

抬眼时,我好想对母亲说:幸福些吧,当一代一代的儿孙,带着伤痕,带着血迹,带着爱情,带着留恋,最终又如此安静地回到了你的身旁。

在那光辉之中，一切皆永恒。

无柳可折的霸陵

浸润在古典中太久了，历史这棵大树，到了霸陵，已无柳可折。柳啊柳，你终于仅成了一种诗意的存在。

许多人来了，许多人又走了。这通向边地的最后的柳，在多少个朝代，顽强地守着一丛绿。一枝柳就是一片家园，一丛绿就是一眼回望。

心痛。心疼。心酸。心伤。

“黯然销魂者，唯别而已也。”且不论何种原因，且不论贬谪流放，还是逃难边关，男儿血洒在这里很久很久了。很久很久地流在灞河里，然后浸润到发黄的史书中。柳绿血红，这才是本源的真与生死契别啊。

许多人来了，许多人没再回来。柳在边关的风沙中，与胡杨与芨芨草融到了一起。与荒冢与无垠的黄土连在了一起。然而它们的枝尖却只朝着一个方向。

那是故园的方向啊。

无枝可折的柳，无柳可折的霸陵，且把一瓣心放在这里，静等来年的春光。

大柴旦啊大柴旦

那些青葱的蒜苗一定在我的生命里，生长了几个春秋。绿了又黄，黄了又绿。黄黄绿绿，好一座戈壁中的大柴旦啊。

从敦煌到格尔木。

长途汽车奔驰了几个日出日落。无垠的荒茫，一路添食着行旅的倦怠。大盐田。大戈壁。到处都一个“大”字，无边无际，让人的心空下去，空下去，空得像一粒芥子，落入薄暮的瀚海。

这样就落进了你。大柴旦。饥饿时拔一把蒜苗给我的大柴旦。花衣女人从土墙边一闪而过的大柴旦。城市的土黄被一茎野花生动的大柴旦。许多年来一直让我想说却又说不出来的大柴旦。

没有炊烟。

没有爱情。

只有饥饿之中香香甜甜、黄黄绿绿的蒜苗的大柴旦。

人们忘记了它。而我却记着。“一缕生命的深痕，在这样的夜里，让我回到它澄明的天空……”

（选自《青海湖》，2003 年第 8 期）

宋长玥

宋长玥(1968—),青海人。出版诗集《一个男人的青海》《前世的情歌》等4部,散文集《历史跫音》等2部。

在青海湖,夏日

风蹲在沙陀寺的风铃上,牛角下面的星星望着它,一夜老了。

年幼的风听不懂心经,就在回去的路上吹凉男人的心。现在和以后,人间多么空旷。

最后,只有一只天鹅托着青海湖,为了天空闪出的另一双翅膀,它的飞翔比暮年还沉。

在德令哈

我在今夜迎来前世,这个怀抱星星和月亮的魂,
北上西域,或是商人;
西去西藏,独守青灯。家那么远,
仿佛停在天边很久的梦想。如果留在敦煌,
就探身洞窟,为等我和我等的人,

遮挡三千风沙。
南往江源，纵有一腔热血，
也要隐忍。
唯独不忍亲近一亩鲜花的哀伤，上面，
安放父亲和母亲的天堂。

我只在青海，只在德令哈继续等候今世。
天下苍茫，人心难测。
我不能只关心一个人。繁华的尘世，
未来茫然，心灵流亡；像草尖上安静的小城，
曾经送走丝绸，
埋葬青春。现在，它平静的外表下，
所有悲伤和欢乐，
没有一个人真正能懂。

在八达岭，春天

那些高处，只有高贵的灵魂，
他们没有时间，
就剩下了自己。

没有一只鹰比看不见的他们还高。
漫山遍野的杏花开在树的骨头上。
灵魂不痛，

心痛。日子空。

来不及回头，
春天已经妖娆地走过了北方的天空。

（选自《山东文学》,2017 年第 1 期）

郭　毅

郭毅(1968—　),四川仪陇人。出版诗集《军旅歌谣》《行军的月亮》等6部。

汴水秋声

不带花簪,不带愁绪,只要这麦黄的表情,抑或一声秋蝉的苜蓿草……

高树梢的鹰折断的一块白云,缝补了那泻来的蓝,刚好与我的荡漾碰撞。

你叫我怎么办呢? 这收割着的快乐,这马车急促的响鼓,这丰腴腰肢袅娜的弯曲女人……

我不能不去爱,在她深水的梦的港湾,去捕捉她的恬静、喜悦和富饶。

每当我起航撒网,我总能找到合适的理由。鱼的寝宫积满一层昨夜的骨殖,身边的舞蹈还在晨风中拉响切分的二胡……

那色香的言语,那扑鼻的气息,那婆娑,那浩大,形如一望到底的原野,一去不回。

而天马草场,扬起了巨大的尘灰,是一个不愿轻易舍弃的人。

白云。蓝空。一蹓归雁鹤唳，并排着，依次拉开。这莫非还有激烈的闪电、忙碌的雷声？

这是豫中偏东的晚秋，这是汴水的归影？一个低调的垂钓者，倒影下去的绵长。

哦，我多想厚重一些，皎洁一些，把这色香固定下来，在这些角逐里欢呼雀跃。

我听到了一次丰收的狂澜，从每一扇窗户飞将起来，再唱一曲赞歌。

隋堤烟柳

古烟。古柳。莫真要将那帆影提将起来，与我蒸蒸日上的袅娜与豪迈相映成趣？

只是时辰同时升起，与行将万里无云的天空一脉跳动。

梦的弯角已经湿润，那爽透堤坝洞彻骨缝的风，用碧草、繁花注明。

如此高蹈的爱，庄重于那波堤，从我身经百载的睿智，加宽一个巨大的量词。

不只腾飞，那古韵的典藏，早已披上万物的铠甲。

鱼的穿越是一座古今的虹桥，那遥远的钟声，盘亘在风俗大道。

垂钓者的冥思，是手机上排列有序的键符，从一个信息到另一个信息，都是不同。

与此互通的水域，镶着金色的麦穗，大气大美，生产着尊严、自信和光荣。

基座上，无缘吹奏的苔青入乡随俗。那棱面的倒影，弹拨日月，用最出色的声音，气吞山河。

彬彬有礼的候鸟，弯腰拾穗。那美的布局，不止时日，演绎出一堤如醉的故事。

前方不远，新生的烟柳长势喜人。那繁茂的书写，既有古韵，也有新声。

你听，帝国风格的长堤，静止都是雄浑。不需赞美，如许争锋的流水，星辰遍地。

西王母瑶池

圣洁的刹土，请开启水中的花朵，让我的热泪流淌。灵塔之下，沐浴之心，渡载去多少子孙?

菩提之巨，浇注众多的山梁。白雪的头颅巡游顾盼。我仰起洁净的脸，双手举过头顶，等待福神摸顶加额。

一些走过的岁月，进入虚空。瑶池之水长流，从净化中伸出眼睛，看世间尘埃，在大地上沉浮。

阳光、蓝天、白云……借西王母之身语意，供养万古。风铃吹奏，雨滴和鸣，施咒放雹，痛快地将青草、牛羊放逐。

我的厌世与出离，成为与之偶遇的缘由。没有加冕，我无法正法。我因此被拯救，因之与众生附和。

或将有这圣水，才有这朝露，与矗立的昆仑媲美。当我遍身花环，或许寻到人生之终极，而幻化出的晶莹，落入满地的波浪，与西王母共泅。

原她伸出贵手，点化我的木讷。我将把身体深伏下去，无怨于一个小神，把小小的灵魂放到永远。

金铃银鼓的神乐圣者啊，请奏一曲，让我慧心澄圆，与西王母共话天上人间，我也不枉苦修现世的一生。

（选自《大沽河》，2017 年第 3 期）

赵正文

赵正文(1968—),河北唐县人。出版诗集《杖藜行歌》。

写意壶口

河床在。爱在。浊下去。如果灯油耗尽,是另一片新土。

——题记

踏着这澄明的黄土,踏着这澄明的高原,踏着这高原之上黄土的黄,壶口,我来了——循着这激荡的涛声,在一朵铭黄的浪花里,叩问我的生命之门,叩问一个民族的生命之门。

八千里路云和月。谁敢横刀立马,在此挥鞭,指点江山?这水与水的涵漾,这土与土的撕离,这水与土的交媾。泥沙俱下啊!清澈只属于童蒙,历尽沧桑,浑浊已成为一种难以分说的品质。正如一个人的中年。

莽苍取代了潺湲。这野性的抒情,是原始的冲动。切痛母体的奔流,只为化育灵动的生命。

一场生死之劫正沿岁月的长河垂直跌落。天地之钟撞响。帝王的圣殿,嫔妃的华宫,以及这坚如磐石的胎盘,正被一脉至善至柔的水，冲溃，撕开。

疼痛啊！莽苍取代了潺湲。风花雪月的缠绵，被一袭浪花击溃为无法追踪的情怀。历经九曲回肠的相思，黄河，流到这里，是一场酣畅淋漓的爱。

是谁把贫血的秋风娶回家中？唢呐阵阵，锣鼓喧喧。柴扉推开无垠的广袤，暮色里，剑胆琴韵的交织已充斥天地。

充斥天地啊！这天是湛湛青天，是大晴大雨大喜大悲的湛湛青天；这地是浩浩黄土，是大美大丑大是大非的浩浩黄土。风风火火炽炽烈烈的，是一个民族五千年历久不衰的血性和肝胆。

十万水花卷土而来，蓄满历史和爱的纠结。泥沙俱下啊！泥沙沉淀为广袤的原野。大地倾斜，时光一声呐喊，一个纵身，一朵浪花和一粒沙尘，在狂欢里发出一声醒世的尖叫。

混沌初开。掩去凡尘旧梦，历史的影像在一朵浪花上舞蹈成炫丽的焰火。

是一苗浩瀚的烛火的焰心啊！烛照众生，晖丽万象。以声嘶力竭的昭告，诉说你对天地的赤诚。

是一苗浩瀚的烛火的焰心啊！盯着你，蜇伤的是眼睛，是偾张的血脉和暴突的筋络。

拒绝天缘机巧，生命之美本就是这一脉初始的躁动和不安。

除了力，还是力。一种流动在生命的最高处震响。而这一上一下，岂止是五千年？花开为春，花落为秋。你奔流，奔流，不记流年。

黄河啊！这永恒的喧响。这四季的雷霆。这伏于大地之上的一道长鞭，一袭闪电。不熄的火舌。东方飞天的水袖。东方是神性的诱惑，奔流是不息的脉搏。

大漠孤烟直,长河落日圆。只有这喋血的壮烈可以和这雄浑的景象匹配。这里没有白羽翩翩的鸥鸟,只有一身铁色的鹰。

暮色苍茫,高原开阔。冲出栅栏的马群消逝在远方。我身边只有你,和一声回荡在耳畔的旷世绝响。

悉聚于此啊!雷霆的力量,子弹的速度,雄鹰的飞翔,骏马的奔腾,生命的激荡,和时光的交驰,悉聚于此啊!

是悲吟,也是欢歌。而绝处逢生的勇气里,注定有大格局,也注定是大智慧和大气魄。

就这样注视着你,心怀一种强烈的敬畏。高屋建瓴,势如破竹。只有绝壁悬崖的披挂才有如此张扬的势能,才有如此壮丽的人生。

有如此气度,人生岂能搁浅?金戈铁马,紫塞黄沙,一齐奔来眼底。阳关在摇晃,玉门在摇晃,青海在摇晃,巍巍太行在摇晃,八百里秦川在摇晃,五千年不断变换姓氏的历史在摇晃。

奔流,奔流,放浪的形骸皈依万劫不复的大地,怒吼的涛声激荡的是一个民族深层的隐痛和不安。

奔流,奔流,负载着苦难和泥沙,负载着贫瘠的心愿和荒芜的爱。

是神圣的母亲永不枯竭的乳汁啊!风沙扬起沧桑的老泪,我站在你宽广的额角,用诗歌触摸你眼窝里一望无垠的慈祥。

我的一母同胞的黄皮肤黑眼睛的兄弟姐妹们啊!请舞起红绸,擂响腰鼓。让这振聋发聩的轰响,震落窑洞斑驳的土坯,震落窗上陈旧的窗花,震落米脂的婆姨和高原村姑沉睡的梦。

米脂的婆姨绥德的汉嘞!一代又一代的黄河儿女,从母亲奔涌的泪花里,打捞起沉落的夕阳,用一篙羊皮筏子把剩余的光阴撑渡。

日出而作，日落而息。世世代代，枕着黄河的涛声，守着这一坨并不保墒的黄土，远离蝇营狗苟的尖酸与刻薄，憨憨地享受这难得的清贫。

黄河啊，壶口啊，壶口的瀑布与浪花。浊如泪，浓如血，稠如精啊！这雄性的黄风黄土黄沙黄水，早把那源头的一汪初始的女儿蓝冲刷，搅乱，涵盖。乾与坤的隐秘和神圣，就此衍生。

然后，让久远的时空浸淫于这浑浊的奔流，一路咆哮，一路高歌，一路展现苍凉的筋络，暴突在宽广的胸膛。

然后，让大地倾斜，让夕阳沉落，让金戈铁马的历史，让秦腔晋调，让高原的大风和两岸稠密的灯火，随涛声入海，入无边无际的浩渺。

人世六道轮回。黄河，你是第几道？面对沉落的夕阳，我要说：不是美人迟暮英雄扼腕，而是王者来。此刻，我最想要的是：白干老酒，三大碗，再三大碗，在这聚拢而来的暮色里，醉倒在你的怀抱。

（选自《散文诗》，2016 年第 3 期）

庞学杰

庞学杰(1968—),笔名萝卜孩儿,山东平度人,现居青岛。出版诗集《第七感觉》《短笛长腔》。

搁云亭

——崂山巨峰有山门,山门右侧有亭,名曰“搁云”。亭东页岩叠积,宛若竹简经书,故曰“老子藏经处”。

把云搁下,把空搁下。
神仙,把雾搁下。

而后,把身段搁下。与山峰,
闲听野鹤。

而后,把经卷搁下。
大大小小的石头,都是文字,写着五千个——
道德的字……

太清宫

悬月如钩，古井如佛。
一腔笛音，幽幽咽咽，传颂人间乐曲。

礁石上，老者侧卧。
他的寿眉，蓄着八百年的长须。

晚霞，谁的舌头？
圆月，谁的眼睛？

崂山·棋盘石

石的棋盘，盘的翅膀。
鹤鸣声，龙吟声，松涛声……
天籁盈耳！

不见仙人，唯闻清风落子之声。
蓦地，一枚棋子显形！

（选自《诗歌月刊》，2015 年 8—9 期合刊）

瘦　水

瘦水(1968—　)，甘肃甘南人，又名索南昂杰，藏族。出版专著《黄河在这里拐了个弯》等2部。

唐古拉山口

没有速度也没有时间，一切都把真空和纯净作为背影。
暴雨隐藏在云层后面，寒冷伫立在唐古拉的脚边。
一切都要发生，无须相互的文字和情节。

发光的经卷，阴暗的阁楼，你的前生注定和一块红布有关。就这样把自己放进纳木错湖，神圣就是没有神圣，秘密就是没有秘密……

我裸露的脚是宇宙的中心，我的眼睛告诉我，我的远行从来就是盲目的。我生下来就是一层枯草，埋没了一座又一座天葬台。

而一万只黄羊和旱獭居于时空之上。
聆听青藏：
这干涸的梦幻，一只秃鹫失去翅膀的哀鸣。

沱沱河源头

在你的经卷上做一块石头。

在你的格桑上放一片经幡。

在你的寒冷中凝固成雪峰。

落下来啊，我的青藏，我就是那个双目失明、被你的光芒击倒的人。

你的飞临，是巨大阴影的笼罩，是海拔和真空的飞翔。

无法企及你的光荣和梦想。

我的草原阴雨连绵，我的诗歌大病不起。

病榻上的微笑，你看多么纯净而又腼腆，高贵而又干净。

落下来，我流浪且忧郁的一生，我爱或者不爱，都是青藏的疼痛和缠绵。

落下来，我总不能仰望着度过一生。

因为石头还要在经卷上安眠，格桑还要在经幡上盛开，我还要在寒冷中燃烧！

郎木寺

这就是最高点了，再往上是天空，是柔软的云朵吹拂灵魂，让一座座大山安静下来，瞪着一双双石头的眼睛，看着我们。

郎木，郎木，更像是一片片树林的神，不让经幡飞翔，不让鱼类奔跑，不让魂灵迷茫，而让一座座寺院走得更远。

“我爱你们”“你们爱我”“让我们在爱的九色中，不要走失”，佛云。

而在一只飞翔的鹰的眼中，我们或许是吃草的牛羊，它的方向感不是来自一条条河流，而是一缕缕桑烟，红色的僧侣的指引。

那更高处是什么，那最低处是什么，我就像郎木寺的晨雾，弥漫在青青的山岗。

（选自《六个人的青藏》，长江文艺出版社，2013 年 4 月第 1 版）

刘赞科

刘赞科(1968—),山东青岛人,出版诗集《走丢的脚印》。

石老人

想不到,你会在这里停下,奔放的双脚泊着沉重。你成了一道风景。

此后这片海水是蓝色的了,日出日落,剧烈颤抖而不走。有蓝蓝的梦围绕你吗?

赤裸裸之躯,嶙嶙峋峋。没有人为你装卸痛苦或快乐,没有人告诉你草棚边的果熟了没有。没有人……

女儿的泪,丰满洁白。

涨潮呈礁,落潮是岛。命运只在海的喘息之间。

浮浮沉沉,你本无心。不肯与潮结伴同行,整日里只能与海水抱头痛哭。

真正的海,能洗清一切吗?

寂寞的浪,跌倒了,再爬起来。我担心,你跌倒了,谁能扶起你。

海,容纳了一切,也掩盖了一切。

感觉有风,浩浩荡荡。老人啊,我把瘦瘦的月光扔过去,拄着它,出来吧。

(选自《走丢的脚印》,中国海洋大学出版社,2014 年 4 月第 1 版)

秋　窗

秋窗(1968—　),女,山东青岛人。出版诗集《秋雨蔚蓝》《秋窗闲灯》等4部。

板桥古渡

青岛胶州板桥镇,起源于唐,繁华于宋。宋时在此设市舶司,管理相关贸易。

那些船呢?
鼓着列国的帆,沿这海路,通向崖山。

唐宋元明,都是在这里歇息过的。
胶东大商埠,现在,桨也空空,涛也空空。

新砌的古墙,石桥、牌楼,幽州在何处?
古老的胶东大码头,
说春风,不说往事。

通宝古币,城池美眷,活在往事,
在风中折腰……

车过胶州湾跨海大桥

跨海大桥,像一只大鸟,在胶州湾,展翅。
此刻,它把速度给我。
我,暗生双翅,
与风比翼。

这腾空凌海的大桥,把我吟诵的诗,
融进风,对着海天朗诵。

此时此刻,胶州湾跨海大桥上,
唯苍天在上,梦想在上……

(选自《大沽河》,2017 年第 4 期)

庞　白

庞白(1969—　),本名庞华坚,广西合浦人,现居北海。出版散文集《慈航》、诗集《水星街24号》等。

杜甫草堂

那个清瘦的老头就是杜甫。他一个人坐在黄昏余晖笼罩下的草堂里,有些忧郁。

在草堂,没见到茅草,我有点失望。草堂树林成荫,被皮鞋擦亮的石板路曲径通幽。所有房子都修得坚实、牢固,甚至有了些庙宇的味道。

我希望看到一把茅草在房顶随风飘摇,希望在细雨中看到一滴一滴的水沿着茅草末梢敲向凸凹不平的石板,希望看到一个落魄的老头拉开柴扉,戴顶竹笠,站在庭院某个角落,深思、长叹或者劳作。

但是没有。天是晴朗的。身边走过的游人有说有笑。他们在那些石刻碑文前面认真端详或者视而不见,有一个人或者一群人,搂着杜甫的肩膀留影,其中某个用中指和食指做出代表胜利的"V"形手势。

他站在人群中间,那么孤独,那么苍老。

我对自己说,他——那个清瘦的老头,就是杜甫啊。他曾在大江南北奔走、吟唱，现在却站在这里，一动不动，一言不发。

（选自《诗潮》2009 年 12 月）

塔尔寺

先有塔，后有寺，塔尔寺。

一株白旃檀树，十万片绿色叶子，拱卫十万尊狮子吼佛像。它们和骆驼刺、格桑花一起，在高原上，次第开放。

大金瓦寺寂静。酥油花飘香。堆绣和壁画如意吉祥。

游人，如流。人组成的水从山下往山上流，绕过塔尔寺，然后从山上流下来。天南海北的人，不管是选择在八月还是一月来到这里，从哪里来的，仍将回到哪里去。

而宗喀巴大师六百年前就在这座荒凉的山上，安然打坐。

于是宗喀巴大师成了佛。

于是我们仍然只是游人，灵魂飘游。

（选自《散文》）

陈旭明

陈旭明(1969—),湖南桃江人。出版散文诗集《以诗说明》。

太行秋色

再高一点,也不是天堂。

再陡峭一点,也有梦魂飞越的气象万千。

一支画笔走天下,拜自然为师,与山川为友,奇峰草稿在胸。

水墨洇开,便是心灵一次远足。

在故乡,洞庭湖水洗白天心月,夜夜照乡情。

在太行,于虚实、点染之间看山入骨髓,写出性灵。

秋色漫流。岩壁撑空。莫道寻常境界,枯石,怪树,歧路……一入丹青眼,便是心中的诗。

红尘本无天堂,幸好,心境洁然,不为虚名蚁利赘物所累。踏遍千山万水,潇洒莫过于,在追梦的大道上挥箧中笔,吹云外笛——

从南到北。从平原到高峰。

玛曲草原

从一开始，从此无限。

混沌，宿命的发祥地——天下黄河第一弯，一滴水，有着怎样的幅员广阔的灵魂之疼？不拘泥，即自由，从此一生跌宕。

这条雄性的大河，吞日吐月，手提光阴的灯盏，一路而行，所有生命的自由都裸裎偌大的蔚蓝，幻化空旷的虹彩。

传说在上游。时间，窈窕着……

传奇在开始。激情，奔涌着……

谁说洪荒永世？黄是精魂的结晶。浊是血液的升华。滔滔向东，朝向日出的地方，或泼天而下，或九曲回环，随物赋形的至柔之物打破僵硬的模式，纵然泥沙俱下，以抗争的姿态、苦难的美学昭示两岸的众生，生命，永远拒绝用泪水止渴。

牦牛遍地。马鞭挥响处，以十万长头、一壶青稞酒、传承千年的牧歌壮行。

灵魂只有一个故乡，叫远方。弯曲的河流，校正我们前行的路。从此，乡愁有了方向。

蜿蜒千里。一条东方之河，在地不是虫。在天即成龙。

黄河，任意一弯，都是一个民族腾空飞翔的姿势。

（选自《山东文学》,2016 年第 11 期）

萧　然

萧然(1969—　),原名茅林洪,福建仙游人。出版诗集《静夜无痕》《不是去向是归途》。

楼兰旧梦

风轻云淡。古楼兰废城的下午,宁静得就像饮茶的心情。

他们说:毁灭的历史叫作悲剧美。

他们说:废弃的城堡叫作沧桑美。

在我,却是比死去一万次更深刻的痛。我回来了,故乡。一千年了,我原先美丽的城堡,竟然不留给我一棵认路的红柳。只剩下一片废墟,对我作比伤口更锋利的诉说。

哭不出一声乡音。

他们可以把这一份苍凉画进传世的作品。

我却在灵魂的画布上画得血痕斑斑。

他们可以把那一次,唐兵乘着月色的掩杀,写进历史。

我却把它写入一个楼兰遗民的每一滴血中。

让我挥巨锤,击巨钟。一声就把历史荡回千年前。让我再组织一次最善良的抵抗。不横长矛,不执铁盾。只弹起无边无际的马头琴,让琴声折弯入侵者贪婪的目光。让我们部落最美丽的公主,跳起动人的舞蹈。一个舞姿,就击落无数屠刀。

是不是就可以让河水重新从城外流过？让青草再绿？

钟声一点点荡回这个下午。归路已断，我仰天长啸。

就让我化身成废城一扇最坚固的石门，再给我一枚月亮，夜夜守护睡着了的亡灵。

让偶然路过的旅人，轻轻一敲门，就听到一个叫作楼兰的美丽民族，怦然的回声。

（选自《大沽河》，2016年第3期）

高亦低

高亦低(1970—),本名高艳国,山东武城人。出版诗歌、散文、报告文学作品集《无人的夏夜》《今夜无眠》《乡村人物》等12部。

趵突泉:大地的眼睛

大地的眼睛。
它的喷涌,高于大地的是欢乐,低于天空的是悲伤。
还有一只眼睛,神的赐予。
不眨一眼。是因为,它既不欢乐也不悲伤。

大地的眼睛。
在李清照的诗词里,涵养着温润。
如同一首小令,平仄且工整。
诗人不敢轻易吟诵,一开口,就怕断了它的流速。

大地的眼睛。
它读到了天空的万千影像,它的第三只眼睛,比更多的眼睛,看到了人间更多的什么?
是流水,带走了流水。是泉声,遮蔽了泉声。

大明湖:一滴水的荡漾

一滴水,在绝句里荡漾。

怎样的一滴水啊!

钟声敲碎的一轮明月,穿过历下亭檐的缕缕秋风,绕耳不息的金钟鸣响,鹊华烟雨里的佛山倒影,斜阳吐霞里的江波晚照,沧浪亭里的叠叠荷韵……

都随着它荡漾的涟漪,走进了一行行绝句。

一滴水的荡漾,

让岸边的诗人,如大明湖里的蛙鸣,寂静无声。

(选自《文艺报》,2014 年 9 月 1 日)

雪　漪

雪漪(1970—　),女,本名许冬梅,内蒙古人。出版散文诗集《我的心对你说》《灵魂交响》等。

九寨精魂

在我们庞大的祖国,九寨的精魂轮回着,一呼一吸着,大片山河的自然遗产没有辜负一寸人间四季。

——题记

一

当九寨和自然遗产重逢在一起,属于文字的版图我不能荒芜。流年再怎么匆忙,哪怕耽误了青春的黄金期,我手指弹落的字符绝不是自言自语,拥吻九寨,要靠文字的一呼一吸。

欢颜的地方不一定非得等春天,只要等得出季节馈赠的会意。

如果,我再为你进行一次宠辱皆忘的远行,九寨,你是否愿意用精魂的水为我接风洗尘并体会我辗转到来的现实意义?

红尘摆渡,以一个水手的身份回到所谓生活本身,凡是纯净的,我都甘愿拉近距离。

在水一方，只想为散文诗做个九寨心灵移民，安慰一下被污染加重的身躯。

坐在你对面说些过往和向往，这大好春光酿就的一寨又一寨动与静暗合着久违的心意。

当思想的极致九九归一，我的风度，明确到没有任何诉求。被一山一水尽情收复了，才能收心去安居。

来到这里，是奔赴，不是遇见。在左左右右的山水交集收获清爽，由此想到我们此刻其实活得还很茂盛，算是心曲。

我不是个多情的美人，只要看到寨这个可以到处种植的字，就会再度诗意翩翩地想到一曲锅庄的善解人意。

二

千万条路在立意中延伸，怎么上来的不重要。这条路上来的，一定要那条路走下去。

人均绿地在哪里？怎么平均都不够。不来九寨，是欠自己多么遗憾的一笔债务累积。

以香风的速度穿越，还有哪一隅沐浴生命的定格不能引散文诗采撷情趣？还有哪一种面带表情的生长不能令散文诗深入摸底？

静水流深，深就深它个彻底，别浅成虚伪浮在现实表面上洋洋得意。

一息纯澈尚存，厚待就不差强人意。

我依然是那个纯粹的手执艺术长鞭的草原女儿，纯粹到一就是一二就是二的时候，你一定要以七彩的思路记得，我 2006 年春天雪花似的来过，又一阵风般匆匆离去。

如果我把散文诗明喻成一个独身主义者，一定相信，她还有个叫作九寨的故乡，可以想回来就回来栖息。

三

虽然，我不能奢想和你的境界天天缠绵在一起。

哪怕还剩你最后一个干净的村庄可以奔去，穿越往昔，就是我说出来生命姹紫嫣红的唯一目的。

这尘世于人，辗转一回多么不易。

许多灵魂的梦深做不够，在一坌止水处说出清风两袖，在这里找到他处的失去，不失为在有限与无限之间感受欣喜。

世间万千的醉早就等待已久，日子怎能千篇一律。

有多少内心世界还可以寻找灵魂清澈的源头？许多，都无法忽略不计。

千山万水走过，爱江河上雄性的浪花，也爱寨子里温柔的涟漪。

来过，就没有错过记忆。

不只是雪花和月光可以把九寨的影子带走，还有散文诗这首恋曲。

四

当我为九寨举杯，九寨没醉，而我眼角的一滴泪支付出青春昂贵的寒意。

记就记住九寨深处的精魂，还有滴落在大地上每粒鸟鸣串起的经典语句。

无论何时，在这块散文诗的风水宝地，我们沧桑的心比任何植物更需要栖息。

河山，江山，在心间。

光芒，苍茫，在这里。

经幡为时光留守的旖旎，始终呼唤生命的美好期许。地地道道的人生里，从生的序到死的跋，这来了还必须得去的也可以叫作最后的优雅皈依。

有多少大地还有生育能力？就连雨水也会激动得扼腕叹息。

高山仰止，别听俗世被污染过的风言风语。

掬一捧九寨的水想一想，什么王子、诸侯，都是流水的亲戚，我们正置身于来自人民的社稷！

（选自《散文诗世界》）

扎西尼玛

扎西尼玛(1970—),藏族,甘肃天祝人。出版散文集《高原深处》。

赛拉隆山口的正午

青草疯长,腰肢纤细。尖叫的赛拉隆山口,冰凉之蛇穿越灌木的根部。一个火的正午:是阳光汹涌,是阳光汹涌的赛拉隆山口。

河水流过,如忧郁的白绸,又像鼓荡的衣衫,它的道路埋下太多的歌声。黛青的山峰在天边打坐,寂静而苍茫。羊群的女主人临河沐浴。一朵紫杜鹃静静绽放,太阳更高,赛拉隆更远。

是谁解开白云的衣襟?

群鸟歌唱。众神居住的峡谷,一截木桩,是毡房的基石,又是牧犬的家。柴火烧焦的三块石头,酷似被时间遗弃的烽燧,充满玄奥。羊群的女主人涂脂抹粉。两只蘑菇自洗净的泥土上升,白马更白,黑牛更黑。

是谁吸吮着草叶的露珠?

一匹公马的二尺长鞭跃跃欲试,母马如何接受这幸福的刺探?阳光把大地的身体横陈在光阴流逝的空间,阳光却像赞普时代的一只蜜蜂,留下滚烫的声音。一片翻腾的草地,白羊妹妹闭上双眼。羊群的女主人呼出香气。三只旱獭陷入冥想，太阳更旺，赛拉隆更热。

（选自《散文诗》，2005 年第 6 期）

毛藏寺，青草和马兰花

经幡拍打微风，银铃触动空气，酥油灯照亮佛的金身。
陌生人的到来打扰了椽头上睡眠的小鸟。
毛藏寺端坐在高高的山坡。
是向往。是归宿。是清洗心灵的水盆。

茫茫青草里藏着我无边的回忆，你在，或者不在，那片草地肯定还在，就像这寺院旁边的青草最先接受了佛的点化：一切自知，一切心知。

一朵马兰花，无数马兰花，哪一朵里藏着大眼睛？

你看，或者不看，那段时光还在，就像寺院里时时升起的桑烟。

（选自《大诗歌》（2012 卷），江苏文艺出版社，
2013 年 6 月第 1 版）

梅里·雪

梅里·雪(1970—),女,藏族,本名梅生华,甘肃天祝人。作品散见于《民族文学》《诗刊》《星星》等报刊。

乌鞘岭,羌笛的音孔里滑落的一朵雪莲

小草的身子再低也高过仰望的目光。

乌鞘岭,丝绸路上的险要隘口,羌笛的音孔里滑落的一朵雪莲。

花瓣拥着花瓣,乘一首西去的大风歌出行关外。

空旷的斜坡里马兰花刚刚开罢,菊花妹妹,

提一盏灯赶着趟儿来,她们为驿站点亮一些过往的记忆。

高处的风来了又去,去了又来,似金戈铁马的声音在历史的天空回响。

当一盏酥油灯长明的光芒高过雪山,百岭卧云,千山安静。

当你我的默想低于岭上的小草,众生平等,万物花开。

安远驿

阳关路上的驿站。风冷，霜寒，雪频。

信使的道路在马背上打开，这古老的信路，多少戍边将士的家书，抵过万金。更是多少流浪的生命在苍凉中拓荒的标志。

多少狼烟在历史的天空飘散，飘远，一些人来了走了，驿站热闹了寂寞了，接纳了离去了，辉煌了湮灭了，只有一代一代百姓在大地上扛着岁月。

雪域的土地依然博大，厚实。生长养活人的庄稼。

秋天的果实还未从田地收拾干净，雷公山已经怀抱隐忍降下了白霜。一对老年夫妇紧着把地膜洋芋往地窖里收藏。卖五金的门市部墙根下，一堆老人正品咂着冬阳的温暖。或回忆往事，或陷入沉默，他们偶尔也眯着眼眺望远处空阔的原野里那群孤独的羊。

草木一秋，人生一世。多少朝代在马蹄声里隐去，只有一条河，流水顶着雪白的盖头，悄悄地绕过安远，向下一个驿站流去。

（选自《山东文学》，2017 年第 3 期）

水　湄

水湄(1970—　),女,本名鲜红蕊,四川人。出版诗集《遗落在风中的岁月》。

应梦楼

都应了梦。

春梦,秋梦,南柯一梦。

众星摆列在天空普照,高深莫测,一场场被设计的大梦,扛起鲜艳夺目的传说。

梦的世界很小,梦的世界很大。

行走,匍匐,我们在做一场梦的祷告?

在梦里我们不需要真相。

翘檐像梦一样悬挂起大雨,狂风,阳光里的雪。

宋时金鸭池和虎溪桥,作了它的前言和扉页。

想那池中的清澈之鱼,谋略似的吐出梦呓?

有求必应,不分光明与黑暗之心?

有求必应,沉沦和光明太多的人心!

不是所有的楼都能应梦,不是所有的楼都叫应梦。

一座楼,应梦,记录人性,蜘蛛和网的关系。

应梦,梦是不是我们的粮食、爱情和花园?

一层神秘的色彩，它在那儿，是挂了上千年的一幅画。

路过，际遇，保持天生的警惕，回到自我本身，在一座楼里，我们把希望与美好悉数交与梦境。

（选自《大沽河》，2017 年第 1 期）

北石窟寺

来到这里，是我生命的另一段。

突然之间失语，时间也是偏心的，几个朝代的风烟过去了，菩萨们有的看上去像刚刚雕刻的一样，精致，饱满，鲜嫩；有的却断肢缺脖，斑斑驳驳……

黄金经卷，一尊尊佛，这不熄的灯盏救活一个荒原。

多少城池坐地风化，多少古堡被吹成黄沙，这里，菩萨们庄严肃穆，他们活在时间之外，安然地晒着高原干净的太阳。

风吹动尘世的悲伤和欢喜；风吹动树枝；风长长伸了一个懒腰；树下，一地枯黄的时光，在堆积。

有麻雀惊飞，当我们未曾踏访时，它们扎堆在寺内论佛听经。

“一花一世界，一树一菩提”。

呼吸、行走，灵魂赶着各自的肉身，回到本真。

一本本经文仿佛正在诵读，北石窟寺一片庄重肃穆。

灌注了大风、雨水、月光碎片的北石窟寺内，诵经声如水滴滑落，莲花盛开。

（选自《山东文学》，2017 年第 4 期）

支 禄

支禄(1970—),新疆吐鲁番人。出版诗集《点灯,点灯》、散文诗集《风拍大西北》。

嘉峪关下

城墙之上,一只鹰不停地拍打翅膀。

哗哗的响声,像一个黑衣人站在高处抖动衣服,多少黄沙一堆又一堆倒在古城墙下。

一棵草的喉咙里卡着一片绿叶,已无法说出春天的去向。

一只鸟一声不吭,夹紧翅膀像死死抱住怕被风吹散的骨架。片刻后,去了遥远的北方。

一只为躲避风沙的土拨鼠大老远跑来,累得擢发抽肠、鼻孔呼哧呼哧冒烟。它心里清楚躲过初一,躲不过十五。然后,直起身子朝远方望了一会儿,就沿着长长的城墙逃去,没再回头。

仓皇而逃的背影让人想起匈奴人的探子,越过长城后,十分诡秘地潜行在西亚腹地。

落日沉沉。苍凉高耸。

忽地,垛口上升起一朵乳白的云,像白衣白裤的孟姜女走在高高的城垛,一心一意想找到万喜良的骨头:风沙活吞,该到吐骨头的时候了。

一块不知哪朝的青砖、一辆破旧的木轮车、一匹蹚过西风的瘦马……依旧立在滔滔风口，正一点一点被风吹成沙粒。

纵使心里话如几万里铺天盖地的黑压压的沙子。

嘉峪关如历史的一个喉结，不能代替嘴巴发话。

大戈壁

吹断墓碑、吹断照壁、吹碎云朵的风，依旧呼呼地吹着……

树，像是咬着牙，抱住身子死死硬撑着！

一弯腰，风沙过去了；一弯腰，风沙又过去了。

戈壁风再大，吹不走一望无际的干渴。

大戈壁的路再空阔，却没有一个人走回故乡。

风停后，鹰从一座山头把吹碎的云朵垒到另一座山头。鹰的力气大着呢，一会儿云朵就堆到高高的天空。

今夜，多少秦汉时的鬼、唐宋时的魂让风吹出沙土，纷纷翻看前朝的名册，可否轮到去长安报告塞上大风的差事。

一波一波荒凉，宛如柔长的飘带撩过星群。

几只黄羊惊得目瞪口呆，慌忙钻进红柳丛。

（选自《风拍大西北》，中国文联出版社，2016 年 8 月第 1 版）

牧　风

牧风(1970—　),藏族,原名赵凌宏,甘肃甘南人。出版散文诗集《记忆深处的甘南》《六个人的青藏》(合集)。

潭柘寺的钟鸣

步入京都的深处,两扇幽闭的门被清风吹开。

探寻的目光在掠起的晨雾中徘徊,一地春欲被禁足在外。

一圈一圈涟漪般荡入耳鼓的是大悲咒由远及近的沉吟。

一千七百年幽静的声音,化作古寺悠长的钟声。

潭柘寺,千年变局的化身,那微风吹拂的柘树就是一个见证。随钟声遁入空门,那白色玉兰扭动婀娜的倩影,透出淡淡的幽香,在祥光的护佑下清洁地绽放。

我只是一粒尘埃,被一种缘分随意地抛落在佛的脚下,时刻在聆听古刹的轮回,那虔诚打开了心扉。

(选自《星星·散文诗》,2017 年第 3 期)

云中的郎木寺

云朵上的郎木寺,是众佛驻足的天堂。

在初夏的某个黄昏,在白龙江之源,沐浴斜阳苍凉,穿越千年圣迹。

雪覆盖的心灵，洁净而安详。所有寻找的眸光，在互联网中打开了郎木寺鲜活的脸庞。多少虔诚的心在仰望中跨过高原湖泊，成为一碰就响的水。众人的心匍匐在地，瞬间感受郎木寺小镇神秘的引力。松柏掩映的石径通向佛界的深处，通向心灵的轨迹。我低沉浅吟，忽觉佛的慧眼环绕周身。

有插箭祭祀的海螺声传来，不时敲打我发红的耳鼓。半山上的仙女洞烟雨迷蒙，湮没了游客膜拜的路。

（选自《中国诗人》,2015 年第 5 卷）

羚城记忆

倏忽中我失去了梦的甜美。

那甘南草原腹地夏日的清爽和冬日的苍凉，让我久已沉闷的心情更显聒噪。

格河已经干枯，如同我被世事熬红的干涩的双眸，在回忆中失去灵动和鲜活。更多的时候，我与友人席地而坐，狂饮这冷雪中酒的辛辣，感受人间古道热肠，品尝这羚城寂静中诱人的景象。

羚羊在奔跑，精灵在奔跑。

裸露的诗情在奔跑。

冬日的空气沸腾，因为有鸟语，因为有这白色精灵的呵护。鹰隼穿云而过，用双翅刺痛隆冬的记忆。

我在一片醉意中眯起双眼，扫视这寂寥覆盖的小城，一些想法被飓风撕裂成梦幻的碎片，在空旷的夜里随寒流游弋而逝。

（选自《六个人的青藏》，长江文艺出版社,2013 年 4 月第 1 版）

陈茂慧

陈茂慧(1970—),女,四川达县人,现居山东济南。出版散文诗集《匍匐在城市胸口》《荼蘼到彼岸》等。

太山上,皆为沉默的神灵

一沉默就是上千年。一沉默,太山就低首,俗世就辽阔。

太山上,溪水是潺湲的,石级是闪着白光的,松柏是苍翠的,殿堂楼阁是安然的,风是轻悄悄的,心是潮湿的。神灵,时时处处在。在大殿上,在草叶上,在树丛中,在每一朵盛开的花蕊上,在每一滴露水中,在风的肩头,在雨的眉头……

牌楼,“龙泉寺”三字引你跨入福地的门槛。石级隐于绿树丛中。目光被牵引,美在静静地等待。

山门大开,“高山仰止”。虔诚,就是千里迢迢赶来,一步三叩首,一级台阶就是一级浮屠。

晨钟暮鼓,敲醒世间多少名利客。松涛阵阵,迎来苦海多少梦迷人。

三大士殿里,梵音缭绕,佛香悠长。

地宫中,金棺银椁珍藏的是佛祖千年的舍利子。

十方世界里,观音乘龙,莲座自在。天光水色,皆空。

群山环抱的龙泉寺，于山水画中，是点睛之笔。清净之地，一派肃穆。

花开千万朵，需各表一枝。

借习习凉风与淅沥夏雨，我摊开江山，以虔敬与热情作画。太山上，沉默的神灵皆因我的笔墨而以另一种方式获得永生。

王忠友

王忠友(1970—　),山东平度人。出版散文诗集《断脐的地方》等。

天柱山魏碑

大美,凝固。

加重了天柱山的重量,文化和历史的重量。

喧嚣远去。宁静安谧中,用清澈的溪水把手洗净,抚摸这些凹凸不平的刀痕,前人的心跳、呼吸、和体温。

一笔一画,抵达艺术的深处,思想的深处,历史的深处。

随便抓一把山风,也能拧出一股墨香。

层层墨香,淹没了大泽山,飘香了阿里山,富士山……也许,还飘香了乞力马扎罗山、珠穆朗玛峰……

(选自《青岛文学》,2009 年第 1 期)

周庄:双桥

银子浜伸展玉臂,抬起了陈逸飞的周庄。

我的,水做的故乡。

梨花带雨的橹声，弹评六百年的昆曲。

雨丝挽成发髻。

桥上，站着一位姑娘。那种伤，那种疼，

紧揪故乡的衣裳。

一叶宋朝的扁舟，摇过元、明、清，载起了这绝版的双桥，水做的故乡。

游人如织。可有谁听懂了，

那一声声从远古摇来的欸乃？

（选自《散文诗》，2006 年第 6 期）

打开平遥古城

追问黄河，我们接近平遥。

一路赶来，风尘仆仆的，是隋唐遗风。打开平遥，打开的是一座历史，文化的绝版。

尧、舜、禹、汤的诗句，踩着阳光和我们的叩问，走过来。

这青灰色的墙、瓦、梁、巷，蠕动着一行行古诗。我每走一步，都会惊醒一个古老的梦。

一朵小葵花，站在门楼上，灿烂地开放。

在平遥，我是匆匆过客，

是蟋蟀写在墙砖缝隙的一声啼鸣……

（选自《山东文学》，2016 年第 8 期）

霍楠楠

霍楠楠(1970—),女,河南周口人。作品见于《诗刊》《星星》《奔流》等报刊。

一个人的西湖

丰盈的水,如同无边的辽阔,它与弥漫的寂寞近似。

约等于,行将决堤泛滥的孤独。

失眠的夜里,明亮的梦已经熟透,它将从枝头升起,进入未来的另一个幻境。

无法预料的涨满与落潮,在秋节的风中拍打着堤岸,如磬钵钟声。

恰是一首属于晨露的嘹亮,在梦的临界点,眺望着远方的雾霾,几次三番误作仙境的迷途……

一个人,总在逃离,那些燃烧的词语可以让湖水广阔,或者沸腾。

而我迟钝的思绪,停留前一秒的画面,自在的神情。与前方任何一处的空旷,都是试图贴紧的辗转的亲切。

平静的眼眸,明亮如湖面。没有比这更熟悉如初的画面了,一再地闪现于炽烈的柔软。

我总是用它们不断地填满内心的空,如同每一次饮下,澄澈的茶水。

繁塔鸣音

在没有风干以前，那个看似未被雕琢的年代，她仿佛来过这里。

褪了色的古宅凄清而冷寂，她在一盏萤灯的微光下，掀开尘封的黄卷。

历史本该在这里驻足。如同弦弓抚按上乐器的等待，她用洁白的指尖触碰塔身，这座倒扣的编钟，眺望着上古的轰鸣。

有风驶入，温暖的梵音铮铮作响。

而今的她吟唱，轻和，跟随人们的脚步向前迈动。

却品读出几百年的沉静，黯然于远逝的繁华。

四周肃穆。

她呼唤一束光，由上而落，奏响因为尘埃而喑哑的风铃。

那另外一部分隐约的轮廓，如同倒立的反光，和水晶似的折射，在五彩的云霓里，不停地交织、重叠与变幻。

天籁，始终在尘世间流淌。

看那不被熄灭的篝火，亦如随身携带的碧绿的湖水。

一点一点地渗透，宋代形制与视觉风格的判断。

都来自，盛世时代的涌动。

（选自《中原散文诗》，2017 年第 4 期）

干海兵

干海兵(1971—)，四川荥经人。出版专著《夜比梦更远》《青衣这方土》等。

大禹渡的黄昏

十一月的落日给每一个抬头的水珠一粒金子。那是橙黄的翅膀安伏下来，被一声一声碎裂的夜色吹高的温柔之痛。

大野无边，长河延接着最远最远的那缕紫色的淡了淡了的霞。

举剑而歌的茅草，挑灯的柿子树，一枚搭在斜阳之臂的小舟。

那些会飞的涟漪，把荷锄的大禹荡到柳笛横吹的山头。

渡，是一只蟋蟀敲打无边镜面的扑棱之冷。冷之锋利，拂血而泅的浩茫从天上到水中，有孑鸟叮当，有一羽人，有一剑路。

十一月无垠，等待泅渡的脚印有三千年、五千年。众沙静寂。

(选自《星星·散文诗》,2015 年第 2 期)

河西走廊

高车呢，芨芨草呢，骆驼客呢？

风呢，一去无音讯的楼兰新娘呢，雁阵杳渺。

鸣镝划向最远的星辰。

雪从中原来，裘衣滴落长安的灯火，那些汉的马，胡的马，天的马，在一千里的伤口上闪烁。

漫天飞雪啊，独行者凌风而舞，一只玉箫让疲惫的山河起伏。

而那些扬长而去的刀和剑呢，那些骨头的酒壶，那些落叶一样碎裂的烽烟呢……

大地啊空无一人，似曾来过的只有月亮。

月亮，月亮，为河西走廊披上的白的衣裳。

布达拉宫

在正午的阳光下，布达拉宫像从天空泼下的牛奶，它让城墙没有阴影，蚁行的人们顺流而上，接近拉萨最清澈的白云。

远方来的独行者，可以把那静穆的群山当作小憩之地。

青稞黄了。

拉萨河边黄金和白银融合的一片片台地，有寥落的人影在驱赶粮食回家。

等一颗颗的黄金和白银散失掉人世的水分，可以将他们化成雪一样的粉，可以带着这些青稞变形的身体，登上高高的山头，远望布达拉宫。

拈一指头糌粑，羊群平静地穿过人群；拈两指头糌粑，羊群上

了山腰，

抓一把糌粑，大地空寂。

远方的布达拉宫映着空空的青稞地。

（以上选自《大海的裂纹》，宁夏人民出版社，2017 年 5 月第 1 版）

邱雨秋

邱雨秋（1971— ），本名邱伟，山东即墨人。出版诗歌、散文诗合集《墨水河的月光》。

摸钱涧

山青，
云白，
七枚铜钱，跳下山涧去了，宛如：七只青鸟，
长喙，
衔着一阙宋词。

今天，在摸钱涧，我看见，海，悠悠蓝了——
山脚下的，
那些，欢呼雀跃的诗篇……

天柱山古炮台

茶说：比云还高，比鸟还美。
天柱山顶，有炮。

是的，那炮，一直朝着东方，
那些人，曾经上岸劫掠的方向。

山下，那炮，比怯懦硬一寸；
山上，曾经的我们，就会比胆战心惊高一点点。

多少人已先后离去，唯有它，
仍在冷冷的岗位上，
睁着明亮的眼睛……

（以上选自《山东诗歌年鉴(2016卷)》，
中国文联出版社，2017年7月第1版）

拜谒临淄战车博物馆

千年云烟，走进战车博物馆，萦绕在周围方寸之处。
听不到欢歌鸟语，见不着云白天蓝。
唯有青铜，青铜，青铜。

凝固的血，
呐喊着刀枪剑戟，
历历在目。

头顶，济青高速路正从这里穿越临淄。

（选自《山东文学》，2016年第8期）

草馨儿

草馨儿(1971—),女,本名王馥君,湖北丹江口人。出版散文诗集《神秘的武当》等多部。

回龙观

一挥手,整个意志就坚硬了。

那一刻,是山峰回首,还是人回首?

那个耐不住寂寞和艰辛的少年,那个欲返静乐国的少年,此时矛盾重重。

重返山中修炼,四十二年终成正果的玄天上帝、玉清师相啊,是紫气元君的点化,还是浩浩渺渺的大自然的点化?

站在这蜿蜒如龙、祥云笼罩的浩瀚山坡上,沐着初冬的阳光,大火下的残垣似乎还在诉说着什么……

我顿然颖悟:想象,什么是古人的想象?那才是真正的感受自然啊!

太子坡

太子坡，复真观。

一看见你，我就听到了自己的心跳，天池，也就随之净化了。

心无旁骛。就这样心无旁骛，一级一级地向上。

两片墙，蜿蜿蜒蜒，九曲如黄河。

一扇门，重重又重重，一里四道门。

一座楼，耸绝壁之上；且梁枋穿柱无铆钉，一柱十二梁。

不知道，它是在考验我的虔诚？体现道家的清静无为？还是昭示道教的中流砥柱？……

我无法猜测。只感觉那是一种神奇，一种浪漫，一种超越自然的艺术。

似乎有花香袭来，像桂花，又似枣花。

桂花开了又谢，枣子长了又落。

千百年的香火袅了又袅，千百年的渴望祷了又祷。

读书的太子，头扎两髻，手持经书，含笑众生。

金桂红带，枣登榜首。

我猜想：那定格的心情也许是苦读，而愿望，却在栋梁。

飞身崖

悬崖上的时光一定久远了。
一纵身，那个蒙羞的少女就飞入了崖底。
传说里，那个女孩儿为报救命之恩，以身相许却遭拒绝。
传说里，修道的人自愧不如，纵身一跳，也飞入山崖……
就这样，五条青龙将修道者托向金顶，从此成仙。

风雨中，试心、飞身、也许还圆梦的地方，化作千年石块。
于是知道，
有些石块不只是一道风景，上面还刻着一种哲理。

（选自《神秘的武当》，中国文联出版社，2011 年 9 月第 1 版）

祁玉良

祁玉良(1971—),青海门源人。出版诗集《两棵相爱的树》。

雪花飘过恰不恰上空

就像此刻,经过一个弹丸般小的小镇,几户散落的人家和一缕炊烟,足以潦倒你半生的门楣。

就像此刻,一朵雪花,飘过恰不恰上空,所有的牲灵开始了皈依,所有的张望,弥漫着桑烟的气息。

就像此刻,一群羊越过山岗,干净的白,跳跃着进入寒冷的夜。

就像此刻,有人诵经加持一幅巨大的唐卡,恰不恰河在其中,金质的画面里,佛在拈花微笑。

* 恰不恰:藏语意为双流,蒙语意为:切开的崖坎,恰不恰是黄河一级支流,该河因两条小河汇聚而成得名。

(选自《山东文学》,2015 第 1 期)

梦到塔尔寺

梦到一千只灯，照亮了鲁沙尔的街市。
梦到一千个喇嘛，穿行在光明里，像诗人的一千行诗句，
浪漫着湟中的庄稼。
梦到一只轻盈的蝴蝶落在袈裟上，和佛祖在窃窃私语。
梦到一溜溜玛尼经筒，像失散多年的亲人，
他们在彼此打量中，悄悄潜入我的体内，
更久更深地拥抱。
梦见我有一处房子，藏在塔尔寺怀中，
像激流中的一块石头，躲进一片平静的湖中，
晨钟暮鼓中反省，石头的圆滑。

（选自《大沽河》,2013 年第 3 期）

扎西才让

扎西才让(1972—),藏族,甘肃甘南人。出版散文诗集《七扇门——扎西才让散文诗选》。

大明湖抒怀

对你来说,黄金和各色珠宝,只暂时存在于繁华的红尘。

当你在西风吹送时层现的秋波,才是这荒凉的人世上最珍奇的。

你胸前的玫瑰是鼎盛的王朝,你的房间是一个辉煌的世纪。

当你雍容典雅地出现在我面前,我就是被高贵耀花了眼的瞎子。

哦,此生有你如月亮朗照,我愿意做你月下的一枚彩石。

静卧在你生命的长河边,久久地,久久地,不忍离去。

腊子口印象

神的神力无边,一脚可以踩出一片平原,一拇指可以在大山上摁出一个豁丫，让虎卧成石山，让天上的水驾着筋斗云落在地面，成为汹涌澎湃的白龙江。

这里农民，也像神那样，在山坳里藏起几座寺院，在沟口拉起经幡，让风念经，让水念经，从上迭到下迭，春夏秋冬就是四座经堂。

有神兵在腊子口那边悄悄消失，又突然从天而降。

有杨姓土司开仓放粮。

有会议秘密召开，几个伟人走入木楼，睡在牛羊粪烧热的土炕上。

柏木搭起的踏板房里，黑脸男人刚刚种地回来，他抱紧了白脸女人。深谷里，默默地建起一个工厂，操着川语，悄然来去，虚掩了门窗。

多年之后，人们还是喜欢走在月光下，看月光照亮扎尕那的积雪，看南风吹拂着洛克采集过种子的树木，吹动着伟人们待过的那些村庄。

或者侧耳倾听岁月深处的枪声，脸都朝向腊子口的方向，然后把藏刀整齐地摆在河边的青石上，在水里审视自己日渐变老的模样。

（选自《山东文学》，2013年第11期）

赵大海

赵大海(1973—　),本名赵均宁,山东日照人,现居青岛。出版专著《赵大海的诗歌》《快乐是种角度》《学生会宣传部长》等6部。

谒炎帝陵

一炷香,要翻阅过多少大山才能抵达这里?

黄皮肤、黑头发,我是炎黄子孙的一分子。我拜老去的父亲,拜未曾谋面的爷爷,我拜我们的祖宗,拜孔老夫子,拜泰山,拜黄河,依次向前拜,向纵深拜——

今天,我拜到你。我登上四个步道,登上环坛路的二十四圈,脚掌抚摸365块青石铺成的路,我登上九级台阶。

从今天向前拜,我的百会穴抵住神农的脚趾。

天地混沌初开,你第一个端坐在这里。你一直端坐在这里,你的位置,是一个终极,一座大山的核心,你是真正的顶天立地第一人,是我的父亲,是大地的父亲,是中华的父亲。

你大手捧起谷穗,喂养大地;你威严慈祥,扫视天下。你的舌头,尝百草,为世代的子孙的康健,身先士卒。

所有的父亲都是你的翻版。都是你的分身!

你是我们的父亲。我在你的掌心长大。我是一粒谷子!是一粒泥土！

你是我们的父亲。你沉默是金，不善言辞。你是青铜、是金属，是一个巍巍的形状。我穿兽皮，裹树叶，长发披肩，脚蹬草鞋，手执耒耜，我面向北方，遥拜祈祷，跳祭祀舞。

我仰视，今天你是具体的，高 9.9 米，重 29 吨。你是可触可感的，我摸你的脚趾，我抱你的腿，你的肌肤里的毛发。你垂胸的虬髯，你健壮的脚踝、小腿。你，凹凸结实的臂膀和胸膛，让山风和一切阴霾拐弯。

我抚摸青石板上的十二幅浮雕，抚摸青龙白虎朱雀玄武，亿万年，你岿然不动，你就这样，雄扫天下。看中原，看九州，烟火不断，看流水潺潺，看春华秋实。

大山就是如此，男人就是如此。环视华夏，所有的山河都是你的子孙，所有子孙在今天都一致向这里颔首！

在神农谷

一线天，是个漏洞，神农！你遮不住这段苦辣酸甜。你还在。你熬的药香在山谷里，在百草尘洼弥漫。为草木守护、滋补，为一座大山滋补，为后世的子子孙孙滋补。

满山的氤氲都是怀抱的姿势。

峰峦叠嶂之上，沟谷纵横之间，是窸窸窣窣的脚步声。是你用一段枝子，挑开茂密草木，你赤膊赤脚的姿势，在一块山岩上回望一缕炊烟！

你率领臣民，沿途尝出五谷和草药。你采下柴胡、山参、鸡头参、土蓝、连翘、金银花、葛根，摘野葡萄、野山楂。这些顽劣之物，或让你呕吐、或让你肿胀、或让你昏迷、或让你燥热、或让你冰寒。

这些顽劣之物，从你的舌尖开始，一一被你征服。必须经过你的舌头，必须经过你的唾液，必须经过你的牙齿。必须经过你的身体才能得到命名，才能在后世的本草纲目里谋到一席之地！必须经过神农的血，才能进入后世人的骨髓。这800余种草药，都是你的臣民，都听您的话。

从当初到今天一路茁壮，将利好信息向山谷里释放，向山下、向芸芸众生释放！百草的咒语进入我们的毛孔。我们的五脏六腑为众生祈祷。这里是神农的药铺，农业从你开始，中医从你开始。

神农，五谷爷，农皇爷，用植物和肉体对话，用宙宇与身体对话，打通血脉，打通生命郁结。神农谷，我真实地嗅到一个壮硕、伟岸男子汉的气息。

我感觉到他在。在每一株植物的身体里打坐、合十！

恍惚间，他就在葛根粗壮的叶子上，足尖轻点向上飘升！恍惚间，他手托《神农本草经》笑吟吟，看着我们。

（选自《索桥散文诗》，2011年第1期）

程绿叶

程绿叶(1973—　),安徽桐城人。出版散文诗集《指纹上的玫瑰》《梦里梦外》等。

桃花潭畔

桃花潭畔。

借一块老石头,坐下。听候鸟抖落的余音,企图把思念覆盖。

我的心是那碧水如玉的潭:包容,透明,平静。秋风未能漾起微波。在还未说等你的季节里,飘满了浮萍。也许,缘分就是那浮萍吧。

李白的月光,洒在秋夜。满满的,终不能照进你的窗。我的情意比李白还要深深,只是止于唇齿之间。如果你不认为我只是多情的诗人,我会温柔地慢慢道出。

不要借助十里挑花,和早已打烊的万家酒楼。

而此时,语言苍白,只与星星对视。目光涨潮。

李白的脚步渐行渐远。饱嗝打出的酒气还在,从大唐飘来。

我怎么也醉了?眩晕在冷冷的夜风中,让星星痴笑。不知身在何处?心又在何处?

只有蟋蟀低吟:何处是归途?

(选自《清明》,2015 年冬季刊)

谷林寺

循着檀香的味道，步入深山。步入比深山还幽静的天地。

最让人心怡的不是鸟鸣和风声：是佛乐，是经声。

晨钟暮鼓。是否唤醒了你？

树是醒着的，一片绿意盎然；山是醒着的，四面环绕。

泉水，从来就没有睡过。奔流了五千年，也歌唱了五千年。

放生池里的鱼儿也是醒着的，正在悠闲地吞吐星月，早已忘了红尘往事。

鲁肃的铁骑已定，江山已定。

康熙御赐的“谷林寺”匾额与普同塔闪烁着午后的淡定。威武，不减当年。

你若累了，就坐下来。双手合十，忘了自我。

让心沉落。让欲望沉落，让爱与恨都沉落吧。

我是在一支签上禅悟人生的。

一切繁华，皆是风景。

何处扰尘埃？

（选自《安庆晚报》，2016年1月20日）

梦　阳

梦阳（1973—　），本名贺生达，河南商丘人。出版《中华经典精粹解读·资治通鉴》。

在入海口，倾听黄河

轰隆隆，轰隆隆，轰隆隆……

是谁，裸露着雄健的胸膛在擂鼓？

是谁，挥动着苍黄的鼓槌在擂鼓？

一万条山东大汉在呐喊。

一万只金色鼓槌在翻飞。

入海口这面亘古不朽的巨鼓呀，让雷声从水底炸裂，让阳光在水面燃烧。

三万株青芦苇屏住了呼吸，三万棵红高粱踮起了脚跟。

三万朵向日葵齐刷刷地转过了脸庞，三万匹红骏马齐刷刷地停止了奔跑。

风，侧着身子溜过；雨，闭着眼睛闪过。

鼓声，鼓声。鼓声在飞，鼓声在烧，鼓声在跳，鼓声在舞。

没有曲谱，黄河就是最真的五线谱；没有舞台，大海就是最美的演出地。

左一声，千年；右一声，千年。

虎在咆哮，龙在长吟。苍天战栗，大地战抖。

四溅的阳光绵延成长虹的花环，俯身的水草簇拥出舞台的背景。

石头发出了鼓声，沙砾发出了鼓声，空气发出了鼓声……鼓声，鼓声，鼓声！

一切都是巨鼓，一切都是入海口。

一切都在亢奋，一切都在震撼。

一切都在放开，一切都在呈现。

羁绊不再，闭塞不再，晦暗不再。

轰隆隆，轰隆隆，轰隆隆……

谁的灵魂被敲打？谁的灵魂被拷问？谁的灵魂被洗涤？谁的灵魂被照彻？

鼓声牵引着你，牵引着我，牵引着一切。入海口的真相浮现，大海的本质凸显，生命的真谛裸露。一切都不再隐秘！

此刻，还有谁的灵魂在堕落？还有谁的灵魂会堕落？

黄河苍茫，大海辽阔，心胸澄澈。

轰隆隆，轰隆隆，轰隆隆……

曾经，在入海口倾听黄河，倾听出激情，倾听出奔放，倾听出豪迈，倾听出欢乐。

而今，在入海口倾听黄河，早已忘记了悲与喜，忘记了幸与不幸，忘记了黄河与大海，也忘记了我，只剩下灵台一片澄明。

轰隆隆，轰隆隆，轰隆隆……

（选自《山东文学》，2015 年第 2 期）

李邵平

李邵平(1973—),湖南衡阳人,现居广东。出版散文诗集《一个人的城市》《不惑之解》等。

硇洲灯塔

水晶磨镜折射的寒光,插入夜。桅杆睁开迷茫,奋力摇晃海面,拔河灯绳。

比硇洲岛还要年迈的塔,垒自火山喷薄。整整一个世纪了,暗礁守护周遭,为卑微的希冀苦难祈祷。

沿石梯旋转而上,推开光明之门,直面海,握紧恐惧和战抖,迎接惊涛骇浪。

对于灯塔,生存的内核在于,谁是后来者永远成谜。

死亡只是时间的浮沉。被眼前的海域吞噬,注定在另一场风暴来临前驶离。

崖 门

从城垛的瞭望口向对岸投去凝重,浮浮沉沉的不是江河,而是海的逆流。铺天盖地的水仍呈壶形围剿,扎紧宿命的口袋。

斜拉索桥并不知道脚下踩着末代王朝的玉玺。从塞北到临安，由东海至南海，望洋兴叹的蚂蚁，沿海岸线辗转逃亡。成百上千的船告别铁锚，沉入海底；无数忠臣良将，将家眷推入水中，遂步后尘。

君王懦弱无奈挫败，文官执杖何从慰藉，时代的巨桨劈开大陆架的生死线，注定一场暴风雨，为飘摇的碎帜奏响挽歌。

人生自古谁无死——文公在伶仃洋上长叹，一切已灰飞烟灭，待砖瓦重建。内族外乡，终究对座莞尔。

痴癫的杨淑妃在残阳下的海滩寻不到宋少祖，毅然追随入海。少帝竹篮大小的魂儿，泅渡数百里外的赤湾，沉睡在民众告祭的小小城堡，听历史轻读碑文。

（选自《山东文学》，2016 年第 9 期）

孙培用

孙培用(1973—),辽宁盘山人。曾在《人民日报》《光明日报》发表作品。

莫高窟与敦煌

祁连积雪与弱水三千,哪一个流得更远?

古阳关和绵亘起伏的驼铃一起,摇响了一个新鲜的敦煌。

祖先的图腾。都是围绕敦煌展开的——

一个孤寂的存在。

一棵树,无数认领春天的叶片,照耀岁月与天空,还有身边,流动不息的风。

太阳带着古楼兰、尼雅,还有阿姆河、锡尔河畔以及更远处的底格里斯河和幼发拉底河畔的诸多历史名城,沉落下去。

太阳从你我头顶升起。你我背依的敦煌,青翠得只想大口大口地呼吸。

岩石的最深处,是水。

莫高窟在飞沙中升腾。

古道驼铃,在飞天的梦想中萦绕着回声。

山海关，天下第一关

一座隘口楔进大平原，随着蜿蜒的走向，从秦到今。

是谁说的：肉体的本质就是灭亡。

我如草芥，用荣枯证明时间，而山海关，则用时间证明自身的存在。

眨眼之间，换了人间。

风听到了什么？我，又想到了什么？

俯仰之间，苍山如海。

那一瞬的猩红与苍白，万年的长风，如铁。

居庸关，狼烟四起的苍凉

一切自然景致，都是人的背景。

一切背景，都通向历史。

一切大气磅礴：狼烟如柱，旌旗蔽日，刚烈如胡笳，幽怨如羌笛。

爱情，肯定也是有的。

今日，雄浑千古的主题，垒成戈壁、峻岭间的凝思。

没有应制的诗赋，没有妙曼的霓裳，只有刚健的长剑之虹，贯穿千秋，青锋隐隐。

（选自《大沽河》，2017 年第 2 期）

段 伟

段伟(1974—),安徽涡阳人,出版诗集、散文诗集《梦里花落》《一年又一年》。

瘦西湖

一场大火终于灰飞烟灭,收进瘦西湖眼底的眷恋,不再启封。

喜欢在水边濯足的文人,一定会看见欢跳的鱼儿惊飞阵阵翠鸟。他们暗想一些朝政,也许某一个奏折和自己有关,提携或者弹劾。他们站在绿莹莹的水边,看杨柳依依的情思,想着那些烟波浩渺的心事。

他们会弄来画舫,立于船头临风,坐于案几品茗,斜倚黄昏喟叹。

狭长的瘦西湖满载历代文人墨客,就要启航,开往历史的深处。清澈的湖水包容着他们的龌龊,清凉的湖水涤荡他们的灵魂。一枚圆月,跳进湖水,搅乱一湖碧波荡漾的春梦。

一个名伶暗自落泪,几个歌妓开始传唱一个朝代兴盛和另一个朝代的没落。扬州,这座千年城池,几经兴衰,那汉代的兴盛,唐代的繁盛,明清的鼎盛,都被瘦西湖的水淹没与埋葬。还是有人愿意在历史的夹缝中行走,在风口浪尖上舞蹈,他们选择了烟花三月下扬州。

湖边采莲的女子,拨开莲的心事,却是满园春色。她们幸福的笑脸,染红西山的晚霞。月满中天,怎敌一湖水的柔情,丰盈的月,投进湖的怀抱。谁是谁的谁啊,这又是谁的谁是谁非呢?!

月色扬州

一阵风吹过,两片相思飘落,依依杨柳,晃动着一湖皎洁的月光。

丰盈的月亮,扯一片白云遮羞。踩着如水的月色,我们行走在扬州的湖边,暗想琼花又一次忧郁地开放。那个迟来的人,走过三月的扬州。我们披着月色,大声说话,在通往二十四桥的路上,我们被迎面的风吹到。就这样虚度着光阴,一天一天的时光在我的手指间流逝。我们的脸色和月色一样苍白。

乘着酒意,乘着月色,让我们泪眼相望,细听琼花又一次打开忧伤的心事。

这月色披着薄纱,轻歌曼舞。这朦胧的月夜,总是让我们找不到自己的春天。这如水的月光,低眉弄首,赖在扬州不愿离去。

盛满月光的湖,被三月的风抚摸。那些相思,那些离恨,那些笑靥,那些泪痕,被二十四桥,窥视着。

是的,一个朝代替代了另一个朝代,一次繁华覆盖了一次落寞。折一枝桃花,掖在腋下,乘着月色迷离,去扬州。

扬州,依然蹲在月色里,熠熠生辉。

(选自《散文诗世界》,2011 年第 6 期)

堆　雪

堆雪(1974—　),原名王国民,甘肃榆中人。现居乌鲁木齐。出版诗集、散文诗集《灵魂北上》《风向北吹》等。

一个人的函谷关

我来的时候,这里只剩下风。

风用过长的衣袖,擦拭关隘星辉和留在我们心壁的铜锈。

历史放行的车马远去。楼台垛堞,已被烟尘和草木埋深。

赶写《道德经》留宿几夜的老子,已然披星戴月而去。留下五千言,如今,读到了哪里?

一个人的函谷关,月白,风清。

需驻足,需静卧,需蹙眉,需沉吟。

在一面恢宏的墙壁上,用手指和心血,触摸一粒粒凹凸不平的文字。

夜风中,目送,一介骑青牛踏歌而去的背影。

当油灯熬尽,雄鸡报晓。

当我于黎明慢慢推开函谷,那两扇“道”与“德”的大门。

我更忘情于关外,那白纸黑字的意境。

一个人的普救寺

我该在这里住上一晚。

寺庙里没有别人。就我一人。

我分别扮演寺庙主持，张生，莺莺，崔母，和丫鬟的角色。

我甚至是那个，勤快地抓起木桶哼着小曲去挑水的小和尚。

（为了爱情，谁都有使不完的劲儿。）

反正，我只能是一个人。一个人的夜晚，多静。

我一个人在普救寺，为世间的真爱上一炷头香，敲响木鱼。

我一个人借助墙角那棵歪脖子树，踩翻屋瓦和月光，去会心上人。

我一个人抚琴，弄墨，画一个人。木门虚掩，等那个比月光还白的书生。

我一个人假装糊涂，在张生面前悔婚，待他发奋读书、金榜题名后娶走莺莺。

我甚至忘记了自己的丫鬟身份。为成全一段传奇，挺身而出，当面揭穿崔母的迂腐。

我一个挑水小和尚，不懂花前月下、卿卿我我的爱语。却也能听懂，那佛塔下压了千年的蛙声。

一个人的鹳雀楼

沿着一首绝句的台阶，层层攀升。便有了，一朵云的超脱。

多少年来，鹳雀楼耸立风中。翻看蹁跹鹳影，聆听黄河东去的涛声。

我喜欢长河落日圆的壮阔，也喜欢白日依山尽的寂寞。

我还喜欢看着，那船工的号子百转千回，最终入海流的感觉。

在鹳雀楼，我没有看到黄河的入海口。但轰鸣的心血，早已随它的巨浪，融进万里碧波。

在鹳雀楼，我相信一个人的远景。就像先我登高的王之涣，把那长河看成一条金线；把那落日，当作一记墨点。

就像那鹳雀，穿梭云间，兀立廊檐：

顺着一条河的视线，把那远的看近，近的看远。

（选自《散文诗》，2014 年第 1 期）

符纯云

符纯云(1975—),笔名巴山石头,四川达县人。出版散文诗集《昨夜秋风》。

峨城竹海:无言的大美

必须交出成吨的形容词和连篇累牍的比喻。

别怀疑这些与美有关的词汇。

风一吹,它们便与漫山遍野之绿碰出一连串清脆的响声。

绿浪翻涌、起伏。峭壁屹立千仞,像溅出海面的一朵浪花。

一只鸟钻出水面,另一群鸟低回、盘旋。

小巧的喙角,悦耳的啼鸣。一场欢乐的风暴,在小小的翅膀下面掀动。

这葱郁而浩瀚的生命内部,一些事件正在发生:

十万根翠竹噤声,十万根翠竹拔节;十万句幽暗,追逐着十万枚阳光……

雄关漫道之上,凭险筑城,据关刻铭。

——这纷繁芜杂的历史,究竟有多少相同的遗憾与错误,还在周而复始地进行。

刀兵相见与古人幽思，都已被风化在蜿蜒曲折的路上。

偶尔翻出过往的细节。唯有竹海大美无言：仿佛什么都没有说，却又什么都说了。

金山寺：飘动的经幡

古木参天，大殿肃立，暗藏玄机。
穿过密集的树叶和斑驳的瓦片，佛光普照，风过无形。

游人如织，将浓稠的市声搅动。
一条条祷告的河流，从喧嚣尘世延伸而来。
不涨迅猛的潮，亦不见干涸的意思。

众生的花朵。灵魂的花朵。
其实，被梵钟法鼓超度的，何止千百年凡俗的晨昏！
看似同一个层面：
俗者一笑而去，圣者安然打坐。

无关江南之柔媚，更无关白素贞、许仙爱情之凄美。
笃守川东一隅。
一面经幡飘动经年，还将六根清净地飘动下去。

（选自《索桥散文诗》，2011 年第 2 期）

李　萍

李萍(1975—　),笔名冷子,甘肃临夏人。出版散文诗集《给风一个理由》等6部。

在大理,拜谒三塔

那棵合欢树,在这里长久的守候。

身底一侧尚未红透的李子,吸引了一个孩子。

还有我,怯怯的目光。

三个塔,闻名了诗句,在水的关照下,让挤挤挨挨的脚步,打了一连串的问号。在一个个问号里,迂回感叹。

风,很调皮,撩一下我的额发,露出我的天庭后,喑哑的嘲笑,使我多看了几眼周身靓丽的少女,以及俊俏的男子。

相机用咔嚓声,一次次地赞美三个塔影。

我做不了一朵花,也无法厮守,只能让不合拍的脚步,在众人散去后,大胆地留下一个纪念。

把心情挂在合欢树梢,听风,伴塔。只是,文字可以为证,我,曾经来过。

蝴蝶泉

渴望抵达的心情，像一张大上海的唱片，一直响在日子深处。

像一只风铃，一根绳子，像一只蝴蝶，串出蝴蝶泉边的故事，口口相传。

心，随诗友的脚步，在碧水里，溢出五彩，挽住艳羡的目光，成就天赐的良缘。

我低眉顺目的思想，突然驰骋。

云朵赐予的最初震撼，伴随竹影、蓝天、白云，最美的构图，把我前世的妹妹，予我做伴。

一位鹤发童颜的阿雄哥，一杆烟筒，安之若素。

七彩的蓝，敲击一棵树干的坚韧；一些精灵，抖落出一段灿然的舞姿，漾在泉的波心。

突然，一只调皮的蝴蝶，闯入我的版图，紧紧揪住双脚，徘徊，迂回，直到一个小金花甜蜜的注视。

穿过无数的光影，找到自己，像文字一样，搭载前世的爱恋。

把我的文字，留下，多么艰难。

（选自《中国国土资源报》，2017 年 8 月 26 日）

杨犁民

杨犁民（1976— ），重庆人，苗族。出版散文集《露水硕大》、诗集《花朵轰鸣》。

纳木错

我站你面前，任风浪吹起我的头发。
然而我的心，却早已像湖水一样，匍匐下来。

用你蓝宝石般的蓝，和铺天盖地的浩瀚，
洗涤我吧，磨砺我吧，冲刷我吧。

在你的脚边，做一粒小小的石子，也是幸福的。

花 湖

天空成了两个，你看看我，我看看你，大地一下子失去了自己，

——花湖的芦苇、湿地和湖水很浅，却让天空和云彩都陷了进去。

凡人是不可能进入花湖的，要进去，也只能借助木质的栈桥和云梯。

当然，还必须要一场雨，把灵魂，先洗一洗。

我去了趟花湖，进去出来，不过短短的半个钟头。

然而我却感觉我自己也变成了两个，一个掉进了湖心。

一个带着肉体凡胎，赶车离开——最终回到了久旱的城市里。

那时候黄河还很小

从巴颜喀拉山下来，那时候，黄河还很小。
很小的黄河对于自己的道路没有把握，
是选择姓甘呢，姓川呢，还是姓青呢，黄河很犹豫。
犹豫的黄河一路犹犹豫豫，跌跌撞撞，
走到了若尔盖县唐克乡索克藏寺旁的一堆草丛里，
草丛里的黄河再一犹豫，便把自己犹豫成了无数个“S”型。

犹豫有时候并没有什么不好，要犹豫就不妨多犹豫一些，
像这一段黄河，把自己犹豫成九曲第一湾那样，回肠荡气。

（选自《人民文学》，2015 年第 5 期）

雨倾城

雨倾城(1976—),河北丰润人,本名袁秀杰。作品散见于《青年文学》《诗刊》《星星》《延河》等。

康巴诺尔

该是一次失神——
青草,羊群,结伴盛开的花朵。

还有盛满夕光,一点一点融进身体的蓝。
它们简单,宁静,安详。

康巴诺尔,我要如何说出一种慢,说出幼年的湖水,
说出突然爱上的风声,我怀中放牧的清晨和傍晚。

说出我们。一一返回,又悄悄消逝的今生。

茶马古道

辽阔与苍茫,
流动或静止。驼铃的居住之处。

我把自己想象成渐起的露水，比童年还遥远的风和风声。

还有什么，比遛草地更接近历史。在盛夏，在张库大道，在老车倌儿的耗尽光阴的故事里。

我身披风尘，去古代，去一个商旅呼啸的内心，叙述真爱。

直到暮色沉沉。

直到夜色如凉。

（选自《诗选刊》，2014 年第 10 期）

宓 月

宓月(1976—),女,浙江绍兴人,现居四川成都。出版散文诗集《明天的背后》、长篇小说《一江春水》等。

峨眉遇雪

这一次,我不是慕名而来的游客。

我是一个从城市中仓皇逃离的影子。离开手机、电脑、高楼,离开繁华拥塞的都市,没有人知道我是谁,没有人会关注你的穿着。走出各种目光交织的网,逃离纷繁世事,灵魂就是那隐身在山水中的飞鸟。

二月的峨眉山,雾雪茫茫。他大概也是懂我的,隐去了巍峨的真身,藏起了纷沓的脚印……把喧嚣置留在世外,独享这份苍茫。

冰雪湿滑的山道,步步险象,怯懦了游客稀稀落落的身影。

我不是游客。我不是为了一睹金顶日出的辉煌而来的。我不会因为雪雾弥漫而无奈止步。

我不过是在小心翼翼地寻找自己,寻找那个飘浮在高山之巅的梦。

感谢这不期而遇的雪,为我掩埋那些芜杂与紊乱,让我麻木的身心再一次颤抖，在彻骨的寒冷中找回了知觉。

也许，我已经忘记自己太久、太久……

匆匆忙忙的日子，蓦然掠过的惶惑，仿如闪电，毫不留情地照彻着内心的苍白，一次次把那颗心击打得十分脆弱。

而此刻这孤独的攀登，我却感到如此的满足和幸福。因为每向上一步，离洁净更近，离宁静更近，离自己更近……

离大山的脉搏和心跳更近。

华藏寺的钟声，一声声穿云破雾而来，在峰峦间悠悠回荡。

聆听着这净地的梵音，生命已如莲花盛开。

峰回路转总在极致的结点。

当我走出峨眉山时，我看到山外的油菜花，正在给大地涂上一片片金黄。

九寨冰瀑

水，不想动荡了，就成了冰。

或许是累了，倦了。那么，就停下来歇一歇。

卧在崖壁上，蜷在盆景下，躺在岩石缝中……随心所欲，在哪里都可以睡一觉，并且做梦。

诺日朗倦了，就站着睡觉，飞奔而下的姿势停在空中……

水的千变万化，凝固成千恣百态。冷，似乎不是唯一的理由。

这是时光老人用魔法定格的一瞬。你看，即便是伟岸高大的男神诺日朗,也有一个蓝莹莹的梦!

不要感叹,光阴如流水一去不返。

无数的瞬间,叠合成我们的一生。谁能说清,哪一个瞬间可以忽略,哪一个瞬间更重要些?

奔腾固然精彩,停下来思考,并且做梦,一样重要。

(选自《散文诗》,2013 年第 5 期)

陈劲松

陈劲松(1977—),本名陈敬松,安徽砀山人,现居青海格尔木。出版诗集、散文诗集《纸上涟漪》《白纸上的风景》等6部。

蓝色可鲁克湖

一

一层层的波浪之间,
谁在叠加纯粹的蓝色。
情人的眼波般干净、明亮。

二

蓝色加上蓝色等于什么?

一群在水里飞翔的鱼加上一群在蓝色天空中游泳的白色鸥鸟等于什么?

一大群涉水而来的芦苇加上远处闪动神性光芒的雪山等于什么?

那些细密的蓝色的波浪全部相加又等于什么?

这一切相加之和,是不是等于梦境?!

三

是芦苇在拥抱可鲁克?

还是可鲁克在拥抱那些因感恩而把舞蹈献给远处雪山的芦苇?

这是一个简单的选择题。

芦苇丛中众多的鱼群把这样的问题交给那些白色的鸥鸟们来回答。

鸥鸟低飞。它们用脆薄的歌声正把这一切温柔地抱紧。

四

透明的风轻轻打开,
风的衣衫是丝质的。
它的心事呢?
那群放轻了脚步的游人的心事呢?
可鲁克湖送给每个人的心事都是水质的,
而颜色都是蓝色的。

五

那么多的车辆驶来。

他们都把车停在离水最近的地方。

如果能在蓝色的湖水中抛锚，因为美丽而误了行程，也是幸福的呀！那个跳进水中的司机是在说给可鲁克湖听吧。……

六

那只白色的鸥鸟守住一个最大的秘密。
它是远处雪山拒绝融化的一块冰吗？

它的表情与可鲁克的表情一样：温柔，却冰冷。
它的鸣叫是热烈的，白色的炭火般布满可鲁克。
如果可以，请用诗歌的手掌，
捧住一粒吧。

（选自《散文诗》，2005 年第 3 期）

在贵德，问一滴水

在贵德，每一滴水都是神的幼兽。

它们都有着发亮的毛发、干净的脚掌，清澈而好听的低低的吼声。

奔跑，腾跃，一滴水追逐着一滴水，一条河流拥抱了另一条河流。

一滴水是另一滴水的情人。

一条河流是另一条河流的背影……

黄河岸边，一群人从下游而来。他们水滴般雀跃，用清亮的涛声，他们一次次试图洗净血液里的泥沙。

一个孩子，清澈的眼睛看到了下游浑浊的中年、暮年……

大河东去，每一滴水都驾长车，高举着理想的火把，憧憬的火焰照亮每一滴水星宿海般干净的眸子，和它们蓝色的梦境。

多少青春的白马车波涛般涌向了远方呵……

一滴清亮的水，从贵德东向而行。在九曲环折的路上，要穿过无尽的激流、险滩，可它要怎样才能推开身边浑浊的泥沙，拒绝被裹挟，而守住最初的出发时的清白?!

（选自《散文诗》,2014 年第 11 期）

语　伞

语伞（1977—　），女，本名巫春玉，四川成都人，现居上海虹口。出版散文诗集《假如庄子重返人间》《外滩手记》等。

一本叫作湘家荡的书

一

穿着蓝布衣的湘湖水，她波浪的手臂正忙，左手蘸了蘸金色的晨曦，右手蘸了蘸落日的余晖，然后优雅地，在风中画画。

背景是刚睡醒的，年青的绿。

绿一直在歌唱，一路翩飞。环湖，绿道，把颜料的香气写在笑声里。我在听。人们的交谈斜倚心灵之门。

白鹭也翩跹，偶尔落在从容的芦苇上。深邃的苇丛，却是最浪漫的，常常在湿地公园的掌心上跳舞。

湘湖水当然是最好的舞伴。

她卓然的才艺，早已被银鱼和黄蚬所熟知，被荷花和菱角所效仿，被龙舟和柳絮所羡慕。

我想走过去，握握她的手。她却像在我的梦里，频频回眸。

我看着她把风绾进袖口，住进了一本书的扉页。

二

翻开一本叫作湘家荡的书，人人都想做一回时间的主人。

纸面是醉卧的江南，文字用鱼米之乡的油墨浸染。一叶扁舟为目，一只木桨作笔。一页一页地阅读，一页一页地记录。

每一页都暗藏古典的韵味，又透出现代的气质，像诱饵。如果你在看，视线甘愿被紧紧垂钓，那么钓鱼所用的鱼竿在水面留下的倒影，一定会是与你相关的历史——

鸳鸯、天鹅、候鸟，它们从清风榻，到采菱滩，从白雪窝，到栽桑园，各得一处静谧，从来不曾迷失；载春舫戏水，耕耘堂耕耘，它们的行踪里带着神秘，又是恰到好处的标点。

目录错落有致，像我亲切的邻居。

正文却有伟大在思想，背着完美主义的房子，都去了好地方。

三

烟雨与雾霭，流水与人家。古人和今人同游湘家荡，定能成为知音。

比如夏日相邀，走向雨水濯洗过的跨湖桥，坐于观莲亭，周敦颐一定会来陪你：香远益清，亭亭净植。你呼君子之交。他一定再吟：湘湖水畔，妙矣，妙矣，可观独爱之莲，可望水陆草木之花。

比如为了膜拜沙粒的智慧，你把旅程放在月亮湾沙滩，苏东坡一定赶来对酌：明月几时有？你不抬头，只低眉颔首。他一定慨叹：幸哉，幸哉，君有亲朋明月在眼前，何必把酒问青天。

绿蛙到了夜晚就敞开了心扉，一枚月亮在诗句里悬挂，光——照过来，我和移动的时间都记住了湖水的荡漾，像未来的往事。

四

花仍然是湘家荡这本书中插图的主角。

油菜花最积极，一群团结的好姐妹，一起献出了金黄的油彩，她们常常在春天，选择晴朗的夜晚作页眉，将纯朴的七星镇上空，绣满了星光。

蝴蝶兰也不落后，自愿打开身体为灵感，紫色的，蓝色的，白色的，在湖畔的页角，一朵一朵地绽放想象力。到了季节，就描摹出一群真的鲜活的蝴蝶来，引得蜜蜂也上下翻飞，使人觉得今生和来世，都不会有一个词语叫孤独。

芦苇花最是静美。禅心一片，仙阙飘飘。人间任它们悠悠，是不是就能荡去天下的灰尘和烦恼？湿地没有潮湿的眼泪，只有能够润泽你干渴心灵的眼睛。

莲花和兰花的品性自不必说了，要留一句给东郊生态园的野花：

我若生来有用，必为有缘人而开。

五

铁松斋的主人怀悦竟不知，他在千年前为湘家荡作的序言有多好。

精严讲寺里那口长着三只眼睛的井和那只闪现灵光的石龟，都可以作证。古刹的钟声，在警醒浊世的耳朵，再好听的音乐，不绝于耳的，也只是一缕。

堆叠的经卷，为探秘历史与现实，甘愿蒙尘。而芸芸众生，似乎更需要另一种书，来承载灵魂的重量。

让一本书，再回到液态，顺着湘湖的粼粼波光，流出凤凰洲的传说，认养水边所有的动物、植物、风土和人情。

仰望蓝天，我从云朵上摘下了一滴鸟鸣，凌波于湘湖之上，阅尽水天一色。

而我，也早已心生鸟羽，想成为一本书中最幸福的修辞。

（选自《中国文化报》，2014年8月15日）

黑　马

黑马（1977—　），本名马亭华，江苏沛县人。出版诗集《苏北记》《乡土辞典》等。

青藏高原

众神肃穆，太阳燎烈。

你的笑容在雪域之上隐藏了太多的沧桑，风拂过草原，青稞在远方纯净而自由地呼吸。

远离尘世，远离前世的悲欢，被虚空的云轻轻省略。只有转经筒还在不知疲惫地转动，一如今生的奔波。

千年的积雪，山峦白银般的沉默，仰望也抵达不到你的高度。

大风吹，大风翻阅着青藏高原上那雪白的经卷，旷远，多像一扇神秘的窗子。

在黄河的源头，群星闪烁的夜空下，梨花别墅的一扇窗子里，我与皇泯、灵焚、曙辉、建虎、庞白、扎西诸友把酒话诗，打开了散文诗轻盈的翅膀，远远的，耳畔传来了黄河的涛声。

啊，青藏高原，众神之上，北斗七星指引的北方才是我的北方。

坎布拉

一片白云与另一片白云，在坎布拉的高空相遇，于是，有了心与心的融合。

坎布拉，你有风中透明的泪滴和悠悠浮云，我是多么希望，青草深处就是我们的家啊！

我愿是那草原上轮回的马，只为赴你今生的相约。

蓝蓝的天空下，你唱出了心中最圣洁的歌，唱给草原上走失的羔羊听。

坎布拉，骑马上山，我要为家中的老妈妈摘一朵雪莲花，疗治她多年的风湿关节痛，雪莲花啊雪莲花，遥远的母亲眼含清澈，发髻如雪。

坎布拉，你神圣的腹地藏下多少蔚蓝的海子，你的丹霞地貌令多少旅人神驰向往，你的大美无疆让人不能不动容。原始的洪荒，超脱而富有，凝重而华美。

（选自《散文诗》，2009 年第 11 期）

苏启平

苏启平（1977— ），湖南浏阳人。出版散文诗集《回不去的故乡》《浏阳河畔的乡愁》。

石霜寺的钟声

错落有致的寺舍，是长短不一的经文，洁净隽永。

背后的青山，宛如神灵的座椅，背靠金刚，面向浏阳。

一块沾了菩萨灵气的石头，掐指成霜。

从此，石霜寺道场包罗万象，佛法无边。

古朴的大钟，一万分虔诚撞击。

钟声张扬的气场里，有寺庙翘起的檐角峥嵘，有焚香作揖的民众跪拜。

心中的祈祷，满是对今生、来世的希望憧憬。

古柏，银杏，站在大门前迎朝送晚。

苍劲的树干无处不显历史的沧桑，任世间如何纷乱繁杂，这里心静如水。

石霜寺，是浏阳另一半的存在与彰显，无声无息。

遇见或者礼遇，你我都是浏阳河畔有缘人。

一株野草在清幽的香火中修持，敞开慈悲的心怀，悬壶济世。

有一尾鱼，来自放生的慈悲，在大雄宝殿菩萨慈祥的眼神里开悟。

转身，面向尘世，在石霜寺飘扬的檀香中脱离轮回的痛苦。

背后，清脆悠远的钟声，醍醐灌顶。

（选自《星星·散文诗》，2016 年第 7 期）

蓬莱阁

你做了海的主人，海做了你的风景。

莽莽的天际如同遥不可及的神话，仙境。

远处的礁石可是瀛洲、方丈的使船？

访仙求药的始皇帝，各显神通的八仙，成了驻世人间的海市蜃楼。

悠闲的白鹭，为谁起舞？

恐怕只有东坡的学养方有如此的才情。一首《海市》诗，如同一把钥匙，开启天下的文脉。

斑驳的树影，如同文人雅士灵动的墨迹。于是，亭、殿、廊、墙，翰墨流芳。

海浪翻过壁立千仞的悬崖，悄声登上楼阁。

拍遍栏杆，幸福驱逐了恐惧，任何人都有一种成仙的理由。

月亮做了神的看守，生怕世人占领了整个天宫。

烟浮雾横的远处，藏着人类美好的念想。

海鸥承载着祈福的心愿掠过，整个黑夜都知道了人类的愿景。

山伸了个懒腰，睡下便是千年的平安岁月。

（选自《中国诗人》，2013 年第 5 期）

花　盛

花盛（1979—　），藏族，本名党化昌，甘肃甘南人。出版诗集《一个人的路途》、散文集《岁月留痕》。

十里睡佛

此刻，不要说出秘密和爱，也不要歌唱和表达。

就这样静下来，仰望你沉睡千年的面庞——

岁月的河流洗净尘世的聒噪，沧桑的容颜再现风雨的侵蚀。

那些烟雨依然飘摇着过去和未来，依然诉说着小镇远离都市的宁静。

炊烟升起。我们为生命所祈求的祥和竟是如此真切，触手可及。

这个叫作冶力关的小镇，千年的传说，犹绕耳际；千年的爱情，荡气回肠。

是那么凄美，那么心痛，令人辗转难眠。

暮色像生命的颜色渐渐莅临，而我们终将在夜色里与你相遇。

时光的跫音萦绕了千年，而你依然沉睡不醒。

花开的芳香弥漫了千年，而你依然恪守诺言。

梦也是醒，醒也是梦。

在梦与醒之间，遗恨千年，没有与你相依相爱。

如果冶木河是你心中的牧歌，我将为你饮下这爱的誓言，一路追寻。

如果白石山是你坚定的守望，我将化为一块岩石，与你一起慢慢变老。

天池冶海

我一直相信，水是有翅膀的，有灵魂的。

飞翔就是水的灵魂和生命的真实绽放。

或许，冶海已经经历了太多的风雨，太多的艰辛。

或许，此刻冶海累了——

她一手扶着白石山，一手扶着柏林崖，轻轻地坐了下来。

缕缕飘荡的桑烟是你翕动的羽翼，承载着憧憬与梦想，也承载着一份怀念。

当那些西征的战马踏上胜利的归途，当常遇春卸下战甲时——

冶海，像一位慈母终于盼到了远征游子的归来而流下的一滴晶莹的泪水。

是那么圣洁，那么温暖，那么幸福，闪烁着爱的光芒。

当我们抵达时，依然感受到你温暖的怀抱和那份无法抗拒的慈爱。

当我们置身冶海湖畔，顿生一份虔诚，一份肃穆。

每走一步，都是一次灵魂的洗礼，一次生命的逾越。

此刻，你就在眼前——

无论站起，还是坐下，都将是我们用一生仰望的高度。

赤壁幽谷

是谁裸露着赭红的胸膛，怀抱一条历史的河流？

遥遥相望的身影于扑面而来的风中，摇摇欲坠。

淅沥的雨丝流动着一幅鬼斧神工的杰作：恍若隔世的沧桑与生命的博大。

那条蜿蜒的巨蟒穿越了幽谷，也穿越了人类苍白的思想和灵魂。

此时，人类的语言是多么脆弱，那么无力。

亲近赤壁，是一次与时光的相遇，也是一次与历史的交谈。

那道打开的圣旨，写满仁爱和和睦，期盼和希望。

那个典雅的观音瓶，为你为我，为芸芸众生洒下真善美的雨露。

风过处时，幽谷里响起一曲雄浑而苍凉的歌声，震撼着我们的心灵。

我相信这里的风已不再是风，而是一名歌者，传唱着历史和时代的变迁。

山依然在山的高处，谷依然在谷的低处。

而身处尘世的你我，还有他们——

无须仰望，只有勇于攀登才能彰显活着的意义；

无须俯瞰，只有脚踏实地才能谱写生命的真实。

（选自《散文诗世界》，2011 年第 10 期）

郑小琼

郑小琼(1980—),女,四川南充人,现居广州。出版诗集《郑小琼诗选》、散文集《夜晚的深度》、散文诗集《疼与痛》等。

在黄河入海口

黄河从源头哭着,一直奔了下来。

最后一滴水逝于祖国的境内,孔子如此说,逝者如斯夫!逝者,一个读经的女人。一个漫游的女人站在黄河的入海口,目睹黄河入海,目睹中国的历史入海,目睹自己是一条黄河入海。

有泪,有恨,有爱,有痛,入海。

有五千年的时光相互抱着哭泣,入海。

有肉,有骨,有血,有灵魂,入海。

有草叶,有树木,有鱼的嘴,有一线青天,有流水,有诉说。有田野,有城市,有轰鸣的钢铁厂,在疯长,在覆盖,在入海。

黄河,还在走着它遥远的路,在它看不见的光的汹涌中。

白天入水,黑夜入水,剩下暮色已苍茫。

朝代入水,皇帝入水,剩下历史在鸣奏。

它常年浸在灾难的水里的骨头,在白花花地痛,隐隐传来涛声。

它们如何拐过课本、四书、五经、唐诗、宋词、明代一只木鱼，拐过清朝的淤泥，拐过陕、晋、豫、青……拐进鲁国的大地，拐进辽阔而苍茫的海边。

我站立，守着黄河入海。我目睹的只是秋日河岸，白云飘动，有船驶过历史的隧道，像一场大病。

（选自《红海滩》，2006 年第 4 期）

王小忠

王小忠(1980—),藏族,甘肃甘南人。出版《静静守望太阳神》《甘南草原》等 7 部作品。

米拉日巴九层佛阁

羚羊,一个草原小镇,几千年前一抹阳光下的石头。

羚羊的出没给小镇带来绵延不绝的生计,带给我今生探寻不尽的秘密。

九层佛阁在西藏,合作也有。米拉日巴以一人之力,修建九层佛阁,九层佛阁——隆于青藏之上的高塔,高挂心灵的明灯。

合作有寺院,院内有经筒。

在九层佛阁转经筒,院外花朵正开,墙头花朵正红,心灵花朵正白。

金顶深处,红墙内外,时间在一片红色里游走。

外相寺:另一片温暖的草原

让时间退回到乾隆四十五年(1780 年),我是一位红衣僧人,游走在卓格尼玛外相寺嘎丹绕吉林(外相寺全称,位于甘南州玛曲县尼玛镇)。胜乐金刚,大威法佛像,桑烟,以及长鸣不息的法号里,我扑倒在广漠草原,让灵魂接近大地。

麻吉拉准无量母的佛牙,松赞干布的靴子,文成公主的手镯,莲花生大师的僧氅,以及释迦牟尼的灵骨,构成世界之外的另一个辉煌世界。

于是,我遁见死亡或超生的距离。

生与死是另一种幸福地抵达。

让时间回到 2007 年夏天,我是一个凡夫俗子,游走在玛曲察干外相草原。千万只蚁虫在时间下泅渡,我也是其中一只。

马群,牧人,以及风雪和阳光,它们从遥远的黄河岸边奔来,它们驮着内心的光明和温暖,正从一片草原赶向另一片草原。

(选自《散文诗》,2008 年第 7 期)

周根红

周根红(1981—)，生于安徽望江，现居江苏南京。出版散文诗集《风吹弯了天空》及评论集《新时期文学的影像转型》等。

鸡鸣寺

太阳驮着一捆捆经文，缓慢向西。

药师塔的灯，亮起一盏盏忏悔的眼睛。它们的传说，让一个小偷皈依佛法。

鸡鸣寺。真言被一群乌鸦虔诚传唱。它们飞起的姿势，让我双手合十。

我站在一段城墙上，静静地聆听：
一条河流在我脚下哗哗诵经的声音。

胭脂井

两朵芙蓉，陡峭在岁月的山崖。雨水洗透的年龄，一半在井里。

临水而立，梳理剑影吹乱的长发。琴声淹没了花开的消息，指缝间遗落的诗句，也沾满脂粉。

战争，将爱情的外衣穿破。青春的瓷器在千里之外冷然破碎。一口井，在烽火之湄，内敛殷红的痛楚。

面对回忆的锋芒，我已无法用语言站立，来世我只想做一口井，供你俩梳妆。

大小召的黄昏

两座寺：隔一条街道的河流相望。

两个喇嘛：仿佛遇见轮回中自己的前身。

触手可及的经卷，手里的转经筒，是一条隐约的中轴线，让两座寺庙变幻着不同的心情。

那位苦修的僧人，坐在被喧嚣包围的寺院里。他们诵经的姿势，与草地上一匹吃草的马，构成一个安静的角度。

我是否能心如止水？

当我从寺院走出，我仍在思考，那屋顶的一对动物，究竟是羊还是鹿？

（选自《散文诗》，2003 年第 4 期）

三米深

三米深（1982— ），原名林雯震，福建福州人。作品散见《人民文学》《诗刊》等一百余家报刊。

双峰梦

我在乌石山的先薯亭，找到了《闽都别记》开篇的“双峰梦”。

被岁月湮没的摩崖石刻浮现出来，那些即将被拆除的违章建筑，刚好可以拍一部独立电影。

时间要是中秋，且务必是台风天气。我在绝顶峰上偶遇两位风雅的古人。他们喝着青红酒，坐在榕树下，观望着这座城市的变化。他们看了大半天，他们和我一样，怎么也看不明白。

古人说，写一首诗就是经受一场灵魂的洗礼，千万不可以游戏。他们已经为此，在乌石山上隐居了好几个世纪，看来是等不到那首诗了。

在这场梦中，他们各自为自己选择了一座山峰，刻下属于他们一生的几个红字。

他们远道而来或偶然经过，到此一游，把自己刻在山石上，留下一场梦、一个看似虚构的典故、一场穿越时空的对话。他们因此相识，并和我相遇。

台风过境，雨下得正急。

（选自《泉州文学》，2012 年第 6 期）

杨剑文

杨剑文（1983— ），陕西榆林人。出版散文诗集《横山的春夏秋冬》。

西出阳关

千年，也许更久。
柳枝写在雪地上的诗句，长成大地的皱纹。
塌陷的关隘深埋士兵的家书。
将军生锈的长剑飞起，夜里多出一点萤火，流星。
天上的月。
地上的树。
两片未消的雪，似故人的眼眸，
望，
三千里：一场雪、万重山。
一行脚印，唤醒孤鸿的叫声，如同千年前的半句诗，
卡在春风的喉。

风过统万城

夕阳，像一粒即将出炉的红色铁丸，滚在沙漠的最西边。

没有方向的风吹过来。

统万城抖一下身体还是伸一下懒腰？历史也随之抖动一下，又或者翻动一页惊心动魄？

大路迢远，没有骑士。

一座城，崛起在历史的广阔里。

一座城，停顿，是句号，还是问号？

一座城，所有的故事，细节，淹没在黄沙下。一座城，所有的骑士，成为最后的传奇。

信天游在风后面，在城后面，在历史后面。嘹亮。

简绘西夏王陵

历史的喟叹，那枚巨大的感叹号遗落，凝固！

不生！不长！成为——这片土地上最坚硬的痣……

（选自《横山的春夏秋冬》，河南文艺出版社，2017 年 10 月版）

马东旭

马东旭(1985—　),河南宁陵人。作品散见《诗刊》《诗潮》《星星》等100余家报刊,出版散文诗集《申家沟》。

托格拉艾日克

让我倒向它的静谧如初。

信奉这来自昆仑的恩光,头顶雪盖。它是母亲全部的白发吗?额滴神啊,万里之外的申家沟,一个衣衫松弛的良人,把千万吨的水涝之痛,灌入凛冽的骨头,她的身体又破裂了一些。

麦子,亲如姐妹。

藏着过盛的悲伤。

在托格拉艾日克,满眼尽是异乡。面对落日的硕大,我掐断柔肠,还不够的话,那就熄灭对申家沟的泪水滂沱。沙海无边无垠,我一个人吮吸暮色,金黄。布阵八卦,让骆驼草托起的马匹孤独、无助、孤独乘以孤独。我要把帝国的申家沟怀揣在身上,策马南疆的浩大辽阔。

(选自《山东文学》,2014年第6期)

登黄鹤楼有感

大江东去时，风吹过了。

李白，存在于我的假设。

作为天生的野派，体制外的游子，失宠于权贵。北漂，或者南下，与人间保持距离，与现代派隔着一层关系。黄鹤楼上，你是孤悬的寡人、老道、酒仙。笔墨伺候的午后，祖国的江山，调出红和绿，为你配制盛大的句子。

去国，把酒酹滔滔。

我与你起伏、微澜，作为一落千丈的棋子，不再为五斗米折腰。

不谈民主，不理会尘世的枯荣。从蛇山借取黄鹤，飞越唐宋，经过明清时不做停留。直抵蜀道，上青天。

南太湖

南太湖，我并不把它比喻成神的一面镜子。

也能孕育出众多的神明。

在天与地之间，一直延伸。它要吸尽天堂的蔚蓝、羊群与天空的羽毛。它的美，仿佛是嵌入灵魂的一扇窗户，又仿佛是经书里漏下的恩光。

暮光之湖，在我的手上数它自己的金骨头，一根一根。我毫无知觉地，融入寂静而甜蜜的气息之中。我必须走出自己狭促的身躯，与大鸟加入赞美之阵。

——神性如水，荡涤万物。

我，一个孤独的人徐缓上升。

并展开灵魂的外衣，轻轻放下。且令它终身安顿在我的周遭，一起统辖这神谕般的战栗、自由及永恒而欢愉的光芒。

（选自《湖州晚报》，2014 年 4 月 26 日）

徐　敏

徐敏(1985—　),江西南丰人,现居吉林松原。出版散文诗集《灵魂如歌》等。

查干湖(选二)

今夜,我再次在大雪下赞美查干湖。

一湖千叹,还远不足以表达我对查干湖的尊重和敬仰。苍茫大地已为她一生的履历撰写了颁奖词——

春风里的八百里瀚海,夏日时的百顷荷花,秋光中的万米落日图,冬封期的千年渔猎。

这样四季更迭的生动数字,让我一想起来就千回百转。

是为序。

一

我热爱查干湖里每一滴奔跑的水。

水是从辽朝迁徙过来的,成吉思汗对它也毕恭毕敬。千千万万的子民求存若渴,逐水而居,祈盼水尽可能地恩赐他们秋天的果实。

然而，水是公正的历史介入者，平等对待每个朝代的臣民。即使受冷成冰，它也照样引鱼上岸，慰藉世道人心。

查干湖哦，八百里瀚海，仁慈的水早已善解人间正道的沧桑。

我站在湖边，望见两岸的草叶和牛羊在湖水的拥护下，彼此安详地交流。那一户户农家，煮饭生菜的烟火也骄傲地袅出湖水的温柔。

亲水者智。

一行白鸥掠过湖央，急转直下，这分明是没有辜负查干湖的颜值。它们暂时卸下青天的辽阔，在一滴水里休养生息，荣幸地成为查干湖千年风云的见证者和参与者。

而我愿意站成其中的一只白鸥。

多少年，查干湖所及之处，事物都聪慧起来。

水的奔跑，只不过想告诫世人放缓向前的脚步。如果你没有拒绝这世俗随波逐流的勇气，那就请相信这接天莲叶的一汪湖水。

所失和所得，查干湖已把一切经验席地而谈，授道解惑。

仅一滴水，就映照着两千余年的故事。

二

荷花，简明扼要地说出了查干湖待人接物的态度。

雾霾在这里找不到市场，喧哗似乎也得不到友善的问候。湖央的一株小荷，才露尖尖角，就让风尘仆仆赶来的人找到理想。

理想很饱满，就像荷叶毫无顾忌地展开全部的绿，为查干湖不遗余力地抒情。

查干湖哦，百顷荷花，每株荷花都在担负守土有责的使命。

你不必惊叹，因为你无法阻挡荷花的盛放。

人这一生都是一个向上努力的过程，使我们忘记悲伤的泪水。查干湖能够容纳你的不幸和污浊，毕竟荷花也是经历过一段黑暗中的成长，才有如今的出头之日。

完全的光明和完全的黑暗一样，都让人看不清东西。

这不用我说，查干湖会指定荷花带着露珠去陈述。

我是知道查干湖的秉性的。

查干湖宠幸每一个出淤泥而不染的生灵，甘甜的藕便是她郑重许给荷花的承诺。

所以，在夏日这个季节，我要给你画一条面向查干湖的路，你只管轻轻松松地走去。临湖看荷，或许你会喜欢暂时的黑暗，看见秋光。

你的躬身自省，将得到查干湖赠予的终生契约。

（选自《散文诗》，2017 年第 8 期）

徐　豪

徐豪(1988—　),安徽人,现居北京。出版诗集《草图与乐章》。

殷　墟

午夜的月亮格外白亮,月光泻在静静的河面上,跳跃着旷古的孤独与寂寞。伏行的藤蔓攀缠住拂过的风,爬过斑驳的岁月。

一个叫大商的王朝在这里辉煌过。

夜莺躲在阴暗的枝丫间,把荒凉噙在喉咙里,化作歌声。三千年前,也是这样的歌声啊!那歌声陶醉了宫殿里威严的王者,也陶醉了城外浣衣的少女。

三千年,这里一直被叫作殷墟,这里也曾有盘庚的车马,武丁的军队,妇好的战骑啊!

三千年的沧桑……甲骨和青铜承载着厚重的奢华以及奴隶痛苦的呻吟,跌撞过三千年。

兵马俑

一支两千年前的队伍,从始皇帝出发。

大秦帝国的军队，就这样杀伐而来，穿越历史的时空。这是秦王扫六合的军马吗？是凯旋，还是准备征伐？

本是泥沙，是谁赋予了它们灵魂？在这陶俑的某一个中，有塑匠自己的形象吗？甚至，始皇帝也躲在某个角落？

杀伐，杀伐，杀伐了两千年的八千军马此刻怎么就这般悄然无声了呢？

我站立着，站成兵俑的姿势，我的皮肤和这土地有着一样的颜色。我盯着那一双双半握着的手，我想看出它们抓着的是什么，是戈，是矛，是剑还是戟？或者，是死亡和鲜血？甚至，是一种不可言喻的精神？

一个陶俑就是一道神谕，一个秘籍，我只有骨子里生根的某种意识能够明白。

但我清楚地知道，每一个陶俑流动的血液，正是这片古老土地血液的流动。

楼兰遗址

楼兰女人汲水的陶罐里灌满沙子。楼兰没有水。水，一声干渴的呼唤，被干渴的风舔舐着，从远古传来。

楼兰的最后一滴水，像一滴眼泪一样蒸干。

水，哪里有水呢？

废弃的城堡半截埋在黄沙里，露出的半截像生锈的钢刀，刺向天空赤裸的胸膛，载歌载舞的楼兰女，丰润的身躯早已成干瘪的尸体。摇着驼铃的骆驼终于倒下，留下一具白森森的骨架。

千年不倒的胡杨，你干枯的枝丫何时再生出一丛绿？楼兰没有水。楼兰的语言隐匿成手势，眼神，哭与笑之外的语言。

一千年前，一只叫楼兰的鸟，凌乱的羽毛纷纷落下……

（选自《散文诗》，2005 年第 9 期）

跋

多说几句话

王泽群

抖起胆子决定组织一个民间团队,来选编《中国散文诗一百年大系》,是因为五十几年的笔耕墨耘,深感一百年来中国的白话文写作,因为民族所遭受的苦难、国内外战争、极“左”思潮的影响等,其有关文学艺术的各种题材与体裁,都很难梳理出一个比较正确的,能表现出这一百年道路的文本来。小说、诗歌、散文、杂文就不去说了,即便影视、戏剧、曲艺、歌曲,要用一种历史的眼光做一裁定,也相当难。

散文诗却不同,这个与白话文运动几乎同时兴起的文体,一百年来,从鲁迅的《野草》,到当代的许多名家、大匠的散文诗集,一直在中国文坛的边缘上,有些寂寞且踬踬颠颠地顽强生长着,繁衍着,变革着,前进着……它虽受到世纪风云大的影响,却仍然保持着一代又一代人的执着探索,翻新,求真,求善,求美。这大不容易,大不容易却走了过来,值得研究探索。

于是,便联系了同道,决定做这件不大不小的事。

感谢年逾九十二岁的耿林莽先生。

耿先生在改革开放之始,便致力于散文诗的创作与研究,并利用《青岛文学》《散文诗》等杂志的平台,提携、引领了一大批年青才俊一起前行,为当下中国散文诗的繁荣、发展,立下了不可小觑的功绩。正因此,青岛的散文诗创作队伍,不仅一直壮大着,且涌现了一批在国内外都有影响的大匠名家。放眼望去,青岛的这个散文诗平台,是有相当高度、相当规模的。

于是,我们基本以青岛的散文诗优秀作者为骨干,兼也聘请了我们认为在散文诗的探求创新方面,有想法、有成就、有影响的外地优秀作者,组成了这支队伍。虽然,好多高手名家,我们没请到,但散文诗的园子很大,或一枝独秀,或百花盛开,都是当今的春色。

我们的想法很简单:做一次"梳理",使这套《一百年大系》既可做观赏卷,也可做研究卷,甚至可以当作一种工具书。

想法有点儿大?

然也。没有大的想法,哪有小的成绩?

鉴于这是对散文诗一百年的回望,我们的"选编原则"是前粗后精,即尽量把早期的作家与作品都收录进来,亮给今天的散文诗爱好者把玩、赏读、学习、借鉴;而近三十多年,由于散文诗作者队伍的蓬勃壮大,散文诗作品呈现出百花齐放,花色纷呈的特点,我们在选录作者与作品时,就必须多下一些功夫,争取把当代的散文诗名家、才俊和他们的代表作尽量选出来。这就必须精挑细选。当然,不可能"挂一漏万",但也绝对不可能不"挂万漏一”。

敬请散文诗作家和读者诸友理解，宥谅为盼。

“百花齐放，百家争鸣”，早在两千多年前我们老祖宗就提出来了。

但除了春秋战国那一个不短也不长的时代，这种哲思理念因为各路诸侯与“王”们的争打不闲，曾经普盖了众生。其他时间里，它几乎真的只成了一种哲思理念，甚至只是一个口号。

有心的读者可能注意到了，在《一百年大系》的总序中，耿林莽先生认真地对散文诗的诞生、成长、发展、繁荣，做了精准概括的表述、分析、总结。同时，各分集主编撰写的《序》则尽量地体现、实践着老祖宗的这一哲思理念。

当然，我们做得并不好，良莠不齐。但我们试着在做，努力在做。任何事情，总得有人在做，才知道它好，或是不好。

我们也等待着各路的批评与指教。“活到老，学到老”，也是老祖宗留给我们的一种永远不死的哲思理念。

在我们这个民间团队——十人中已有六人正式退休——决定一起合作编辑《中国散文诗一百年大系》的时候，青岛市文联党组书记魏胜吉先生，青岛荣德文化传媒集团董事长郭胜森先生，中国散文诗终身艺术成就奖获得者耿林莽老先生，在精神上、方向上、资金上，都给予我们强有力的支持。在此，一并真诚感谢。

尊敬的朋友们，没有你们，也就没有这一部《中国散文诗一百年大系》。泽群代表所有同道鞠躬。

图书在版编目(CIP)数据

中国散文诗一百年大系. 2, 远古履痕 / 栾承舟编
. — 青岛 : 青岛出版社, 2019.10
ISBN 978 - 7 - 5552 - 8416 - 1

Ⅰ. ①中… Ⅱ. ①栾… Ⅲ. ①散文诗 - 诗集 - 中国 - 现代②散文诗 - 诗集 - 中国 - 当代 Ⅳ. ①I226.6

中国版本图书馆 CIP 数据核字(2019)第 167353 号

书　　名　**中国散文诗一百年大系**
本册书名　**远古履痕**
名誉主编　耿林莽
主　　编　王泽群
副 主 编　韩嘉川　栾承舟
本册主编　栾承舟
出版发行　青岛出版社(青岛市海尔路 182 号,266061)
本社网址　http://www.qdpub.com
责任编辑　杨成舜
特约编辑　曹红星
照　　排　青岛新华出版照排有限公司
印　　刷　青岛国彩印刷股份有限公司
出版日期　2019 年 10 月第 1 版　2019 年 10 月第 1 次印刷
开　　本　16 开(710mm × 960mm)
印　　张　26
字　　数　260 千
书　　号　ISBN 978 - 7 - 5552 - 8416 - 1
定　　价　599.00 元(全八册)
编校印装质量、盗版监督服务电话　4006532017　0532 - 68068638